우리 결혼해요

Nous nous marions

우리 결혼해요

Nous nous marions

—

이훈희

Contents

2부 비혼 탈출 레시피

배우 김혜수, 김서형, 개그맨 박수홍 등의 공통점은 뭘까? 바로 공개적으로 비혼 의지를 밝혔다는 것이다. 일반인들 사이에서는 비혼 선언식이라는 새로운 문화까지 생겨났다고 한다. 실제로 미혼남녀 10명 중 2명만 꼭 결혼해야 한다고 생각하고, 스스로를 비혼주의자라고 말하는 사람을 어렵지 않게 찾아볼 수 있다. '비혼'이라는 말이 이젠 익숙해진 〈비혼시대〉에 살고 있다.

비혼족(非婚族)이 늘어나는 가장 큰 이유 중 하나는 경제문제라고 한다. 일본의 경우, 버블세대가 일자리의 윗선에서 물러나 은퇴하고, 이 빈자리를 젊은 세대가 채워나가면서 취업률이 급격히 올랐다. 취업이 되고, 돈을 벌고, 청년 지원 정책을 통해 먹고살 만해진 젊은 세대들은 결혼도 하고, 아이도 낳고 있다고 한다. 실제로 2005년에 1.26명에 불과했던 출산율이 2015년에는 1.46명까지 올랐다. 이처럼 최선의 출산 장려는 경제 회복일지도 모른다.

일본의 사례가 말해주는 건 뭘까? 안정적인 직장과 결혼을, 아이를 포기했다고 말하면 자신의 삶이 너무 초라하게 느껴질까봐 다수의 사람들이 비혼이라는 이름으로 자기합리화를 해온 것은 아니었을까? 물론, 진심으로 비혼의 삶을 지향하는 사람도 있을 것이다. 하지만 혹시 이 글이 불편하게 느껴진다면, 그 불편함은 나도 모르게 외면한 진심에서 비롯된 것은 아닐까. 비혼을 선택한 당신, 선택한 것인가, 선택 당한 것인가. 혼자인 삶이 만족스럽고, 행복하다면, 당장 이 책을 내려놓아도 좋다. 이 책은 당신을 위한 것이 아니니까. 이 책은 비혼을 선택한 것이 아닌 선택 당한 이들, 다시 말해, 비자발적(?) 비혼주의자들을 위한 것이니까.

비혼, 비혼주의라는 말이 유행하는 세상이라지만, 여전히 우리 사회에는 변하지 않는 커다란 루틴이 있다. 10~20대에는 학교를 다니며 먹고살 궁리를 하고, 30~40대에는 아이를 낳아 키우다 50~60대에 손주들 재롱을 보는 것이다. 그래서 30대의 첫걸음은 '결혼하기'다. 만약 30대가 지나도록 결혼을 하지 않고 있으면 끊임없이 질문을 받는다. '결혼은 언제 할 거니?' '만나는 사람은 있니?' '얼른 애 낳아야지?'

나 역시 그랬다. 그리고 스스로에게 이렇게 대답해 왔다. 나는 여자에 관심이 없다고. 결혼은 내 스타일이 아니라고. 하지만 과거의 연애가 실패했던 건, 바로 내 자신의 뒤틀린 마음 때문이었다. '잘난 커플만 결혼한다.' 아니 '잘난 남자들만 결혼한다.'는게 내 솔직한 마음이었다. 그래서 다가오는 여자들도 밀어내기 바빴다. 내 주머니 사정을 알게 되면, 날 밀어내게 될까봐. 하지만 내 나이 서른아홉에, 스물하나였던 아내를 처음 만났고, 컵라면과 자판기 커피로 연애를 시작했다. 청춘이라 불리기엔 머쓱한 서른아홉이라는 나이. 무일푼, 신용불량자, 띠동갑을 넘은 나이 차까지……. 모든 것들을 극복하고 결혼에 골인했다.

그리고 지금은 감히 말할 수 있다. 내 인생 최고의 선택은 '마이 러블리 와이프'라고.

결혼에 있어 사랑이라는 최면제는 기본이다. 때로는 사랑만으론 결혼까지 이르기에 부족할 때도 있다. 결혼이라는 불확실한 미래에 뛰어들 수 있도록 내 여자의 마음에 확신을 심어주고, 주변인들의 염려를 불식시키기까지 나름의 전략(?)이 필요했고, 결과적으로 나는 성공했다. 7년의 연애 기간 동안 얻은 지식과 경험들을 비자발적인 비혼족들과 나누고자 한다. 당신의 '비혼 브레이커'가 되길 바라며…….

이렇게 책이 나오게 된다니 감사한 분들이 너무나 많이 생각난다. 우선 결혼을 허락해 주신 장인어른과 장모님 그리고 고인이 되신 아버지와 홀로 되신 어머니께 감사하며, 나이 많은 여동생 남편을 존중해주는 처남과 나이 어린 형수를 챙겨주는 친동생 모두 가족의 이름으로 고마움을 표하고 싶다. 또한 영원한 멘토이신 주례 이영만 사장님, 사회 허영훈 교수님, 축가 불러준 뮤지컬 배우 정성화 님, 결혼하기까지 큰 힘 되어주신 이정환 선배님, 결혼생활에 조언을 퍼부어준 오정화, 곽양근, 고세기, 김반옥, 목진용, 박상준, 이창수, 정종찬, 최종철 등 베프들과 대학교 대학원 동문 선후배님들, 그리고 아내의 베프 김가혜, 김효진과 우리 부부의 절친 황정은 작가 등 많은 얼굴이 떠오르며, 특히 우리 부부의 스승 송해룡 교수님께 깊은 감사를 표하고 싶다.

생각나는 모든 이들의 이름을 넣고 싶으나 지면 관계상 생략하오니 양해 말씀을 전하며, 비 오던 금요일 저녁에 저의 결혼식에 와주셔서 축하해주신 모든 분들께 거듭 감사드린다. 끝으로 2019년 결혼기념일(9월 11일)에 이 책의 주인공 my lovely wife와 daughter에게도 고마움을 표하면서 이 책을 선물한다.

I 부 my lovely wife

하나

●

완벽에 가까운 삶

새벽 2시.

"우리 바다 보러 갈래?"

"내일 출근하는데, 피곤하지 않겠어?"

"하루 정도 피곤해도 괜찮아. 오랜만에 일출 보고
오자."

그리곤 우린 바다로 향한다. 해가 떠오르는 걸 보
면 좋지만, 못 봐도 그만이다. 날이 흐려도, 비가 오고, 눈이 와도 함께 바라보는 바다는 언제든 아름다울 테니까. 더 이상 통금시간이 다가오는 걸 아쉬워할 필요도 짧은 만남과 긴 헤어짐을 슬퍼할 필요도 없는 우리 사이. 이제는 아내라는 이름으로 그녀와 함께할 수 있는 나의 일상들. 이보다 더 완벽한 삶이 있을까?

몇 해 전, 〈응답하라〉 시리즈가 인기를 끌었다. 평소 드라마를 챙겨보는 편은 아니지만, 응답하라 시리즈 중에서도 응팔, 〈응답하라1988〉은 관심 깊게 봤었다. 1988년은 내가 고3 수험생이었고 건국 이래 최고의 행사인 '서울 올림픽'이 열렸다. 대학 신입생이 된 1989년에는 베를린 장벽이 무너진 역사적인 해였다. 드라마 속에 등장하는 이선희, 유재하, 김광석의 노래를 따라 부르며, 풋풋했던 그 시절의 나를 떠올리곤 했다. 하지만 그 시절이 내 인생에 있어 '가장 행복했던 한때'는 아니다.

콩나물시루 같이 빡빡한 교실에서 오직 좋은 대학 가려고 달달 외우는 공부만 했던 학창 시절.당시엔 입시경쟁이 치열했고, 대학에 못가면 인생 낙오자로 찍히는 때였다. 난 다행히 한번에 대학에 입학할 수 있었다. 그 시절에 대학가는 최루탄과 화염병이 날아다니는 시위가 끊이질 않았다. 선배 따라 시위 현장에도 가봤지만, 일찌감치 내 길이 아니란 걸 깨달았다. 난 대의명분 등을 위해 날 헌신하는 그런 종류의 인간은 아니었다. 친구들과 어울리기 좋아하고, 공부보다는 놀러 다니는 것을 좋아했다. 술은 잘 못마셔도 술자리엔 늘 붙어 다니는 그런 사람이었다.

그런데 이상하게 친구 놈들은 피가 끓어 날뛰던 그때에도 난 여자에게 별 관심이 없었다. 친구 따라 소개팅엔 나갔지만 시큰둥하게 앉아 있기 일쑤였다. 그저 친구와 함께 놀고 싶은 마음에 나간 소개팅 자리였기 때문이다. 하지만 어찌된 영문인지 여자에게 무관심할수록 날 좋다고 하는 여자들은 많았다. 좋다는 여자들이 많으면 무슨 훈장쯤으로 여기며 우쭐해하긴 했지만, 정말로 내 마음을 움직이는 여자는 없었다. 정말로 놀러 다니는 것 말고는 별다른 관심사가 없었다. 당시의 나는 내 또래들이 대부분 그렇듯, 입시지옥을 뚫고 대학에 들어가는 것이 전부인줄 알고 살았었다. 그러다 막상 대학에 가서는 그 다음에 어디로 가야하는지 삶의 방향을 잃어버렸었던 것 같다.

이렇게 목적 없이 놀기만 하다간 죽도 밥도 안 되겠다는 생각이 들었다. 만족스럽지 못한 대학생활을 다시 출발하고자 반수(재수)에 도전하려 입시학원도 다녀봤고, 다른 전공을 기웃대다가 낙제 수준의 학점을 받으며 방황했다. '군대에 다녀오면 어른이 된다.'는 말을 위안 삼아 택한 것이 미루고 미뤘던 현역 입영이었다. 30개월의 군대 얘기는 이 책 한 권에 담기에 부족하므로 생략한다. 그런데 군대를 다녀오니, 정말 세상이 달라져 있었다. 동생이 대학에 입학하고, 넉넉하지 못한 가정형편에 내 앞가림은 내가 헤쳐 나가야 되는 현실과 마주하게 됐다. 그때는 그런 상황이 얼마나 야속하던지⋯⋯. 나는 다양한 아르바이트를 하며 홀로서기를 시작했다. 그렇게 우여곡절 끝에 학업을 마치고 취업을 했지만 나의 시선은 알바로 경험했던 광고업계를 향하고 있었다.

우연히 광고회사에서 근무하는 외삼촌과 만나서 매킨토시로 광고시안을 디자인하는 모습에 반해버렸다. 매킨토시라는 낯설고, 값비싼 첨단 문명의 산물을 능수능란하게 다루는 모습이 한없이 멋져보였다. 그래서 단기간에 많은 프로그램과 매킨토시를 마스터 했고, 학원과 대학 및 기업에 특강을 나가기도 했다.

특강 요청은 끊이지 않았다. 물 만난 물고기 같았다. 하지만 거기에 만족하지 않고 꿈을 위한 투자는 시각디자인과 편입으로 이어졌다. 학업과 직장생활은 나의 삶에 톱니바퀴처럼 쉼 없이 돌아갔다. 언제 써먹을지도 모르는 디자인 기사자격증도 취득했다. 몸은 힘들어도 마음만큼은 설레고, 열정 가득한 시절이었다. 노력은 날 배신하지 않았다. 잘 다니던 회사에 사표를 던지고 운 좋게 대형 광고회사에 입사할 수 있었다. 이후 광고회사에도 사표를 내고 방송국으로 이직하기도 했다.

X세대로 불리는 1970년대 초반 생들은 '버림받은 세대' 혹은 '저주받은 세대'라고도 불린다. 하필이면 IMF 관리체제로 접어들어 취업문이 굳게 닫혀 있던 때에 대학문을 나서야 했으며, 그래서 취업 원서도 변변히 못 써봤고, 경기가 조금씩 살아나면서 취업문이 열리는가 싶더니 이제는 나이 제한에 걸려 취업 원서조차 못 내는 상황을 마주했다. 그나마 나는 살길을 찾아 헤맨 덕분에 거품경기의 끝물 전에 취업을 할 수 있었다. IMF 한파의 직격탄을 피해, 취업문을 통과한 나는 정말 '운 좋은 놈'이라 생각했었다. 지금이야 인턴제도가 있어서 재학 중 혹은 취업 전에 다양한 경험을 할 수 있었지만 당시에는 취업후 고민하다가 이직하고, 또 고민하다가 방황하는 시행착오로 나이를 먹어가던 시절이었다.

"꿈은 높은데 현실은 시궁창이야."

에미넴이 주연한 영화 〈8마일〉에 나오는 대사다. 원래 대사는 이렇다.

"Like when you gotta stop living up here and start living down here?"
"꿈속에서 그만 살고 언제 현실로 돌아와야 하냐고?"

이 대사가 국내 개봉 시 주인공의 상황에 맞춰 의역되었다고 한다. 높은 이상에 따라주지 못하는 현실을 빗대어 하는 표현으로 널리 쓰이고 있다. SNS 상에서 유행했었던 전설의 짤방으로 한마디로 '현시창(현실은 시궁창이다.)'이라 부른다. 내가 그토록 원해서 들어갔던 직장이 어땠냐고 물으면, 딱 이 한마디로 정리할 수 있다.

사람들은 완성된 광고만 보고 광고인이 화려하다 생각한다. 일반 샐러리맨보다 옷차림의 제약이 없어 화려하게 꾸밀 수 있고, 연예인들과 함께 일하는 아주 화려한 직업. 하지만 현실은 달랐다. 멋진 카피라이터 아이디어와 광고시안을 제안하는 열띤 회의……. 그런 거 없었다. 회의에 감히 낄 수도 없고, 기껏해야 자료 복사하는 게 내 주요업무였다. 복사만 하던 시절을 지나, 내 아이디어를 낼 수 있는 단계에 와서는 또 다른 복병이 나타났다. 밤을 새워가며 불태웠던 나의 아이디어는 선배의 것이 됐고, 그 아이디어로 만든 광고가 광고제에서 수상하게 된 성과 또한 선배의 공으로 돌아갔다. 노력만으론 뛰어 넘을 수 없는 '보이지 않는 경계'들이 존재한다는 사실을 깨닫게 됐다. 's대 출신인가, 아닌가.' '사주일가인가, 아닌가.' '아버지가 누구인가.'에 따라 업무의 성과와 상관없이 직원들에 대한 평가가 달라졌다. 결국은 분에 못 이겨 회사를 뛰쳐나왔다. 조용히 나온 것도 아니고 요란(?)하고 시끄럽게 그만

됐다. 그러니, 알음알음으로 평판조회가 가능한 좁은 업계에서 다시 내가 설 자리는 없었다. 기대가 커서 실망도 컸을까. 나의 진로는 막막해졌고, 또다시 방황했다.

조금만 참을 걸……. 후회하기까지는 그리 오래 걸리지 않았다. 그만두기 전에 난, 여전히 IMF 한파의 여파로 취업시장이 얼어붙어 있다는 걸 알았어야 했다. 당시 여행사에 다니다 회사가 망해서 백수가 된 베프와 공무원 시험도 준비했다. 난 떨어졌다. 그 친구는 신혼이었지만 또 그만큼의 책임감 때문에 독하게 공부했던지라 합격의 영예를 거머쥐었고, 꾸준한 노력으로 승진을 거듭해 지금은 꽤 높은 자리에 있는 현직 공무원이다. 백수가 된 나의 20대 끝물에 찾아온 첫사랑도 실패하고, 준비 없이 시작한 사업까지 실패로 끝나면서, 난 최악의 상황과 마주

할 수밖에 없었다. 그 시절의 나는 죽을 생각만 했었던 것 같다. 당시 빌라 5층에 살고 있었는데, 뛰어내릴까 생각했던 게 한두 번이 아니었다. 다행히 난 겁이 많았다. 너무 아플까봐 뛰어내릴 용기가 없었다.

또다시 시간만 허비하는 나날들이 이어졌다. 그러다 더 이상 돈이 없어, 먹고살 수 없는 현실 앞에 택시운전을 시작했다. 50~60대 어르신들 틈바구니에서 30대 초반의 막내 나이로 운전기사를 시작했다. 기간 없는 계약직이었다. 하루 일하고, 하루 쉬는 택시기사 생활. 열심히 하면 하루 30만 원도 벌 수 있었다. 일당 벌어 그 돈으로 술을 사서 마시는 생활이 이어졌다. 미래에 대한 계획이 없으니, 악착같이 돈을 모을 이유도 없었고, 술 사먹을 돈만 벌면 그만이라는 생각이었다. 그래서 손님들에게 인심도 후했다. 생활고에 시달리는 어르신이 탑승하면 택시비를 안 받았고, 등굣길에 지각 면하려고 택시를 탄 학생들도 반값만 받고 태워줬다. 내 후한 인심은 인근 학생들 사이에 소문(?)이 날 정도였다. 어느 날 등교시간에 학생 3명이 한꺼번에 내 택시에 올라탔다. 그러면서 하는 말이,

"아저씨 이거 반값 택시 맞죠?"
"응? 그게 무슨 말이야?"
"친구가 ○○○○번호 택시 타면 반값만 내도 된다고 알려줘서 번호 외우고 기다렸어요."
"어……어……그래."

시간이 지나면서, 아는 사람이라도 만날까봐 걱정되기 시작했다. 누가 날 알아볼까봐, 일 나갈 때는 선글라스에 모자까지 썼다. 차안에 비치돼 있는 택시면허증을 나와 교대하는 아저씨의 택시면허증으로 바꿔서 놓아두기까지 했다. 나중에 알고 보니 그 아저씨는 내 면허증을 걸어두고 일하고 계셨더

라. 그 분도 나처럼 '택시운전' 하고 있다는 걸 감추고 싶은 사정이 있는 듯 했다. 그러던 어느 날, 동료 기사님과 커피 한 잔 할 기회가 생겼다. 그 기사님은 백발의 어르신이었다.

"택시운전은 정말 할 일 없을 때나 막다른 곳에 몰렸을 때, 인생막장에 왔을 때나 하는 일이야.
나는 할 줄 아는 게 운전밖에 없어서 여기 이러고 있지만, 젊은 사람이 대학까지 나왔다면서 왜 이러고 있어?"

인생막장이라는 단어가 심장에 박혔다. 충격이었다. 요즘에는 많이 달라졌지만, 20년 전만 해도 택시운전사, 특히 회사택시를 모는 기사들은 갈 곳 없어 온 사람들이 많았었다. 새벽마다 취객들과 실랑이를 벌이고, 시비 끝에 경찰서에 들락거려야 하는 생활에 나도 지쳐가고 있던 참이었다.

며칠 후, 새벽 4시에 어머니의 호출을 받았다. 집

이 아닌 이모님 댁으로. 호랑이 같은 아버지의 눈을 피해 할 얘기가 있는 모양이었다. 원래 무뚝뚝하고 말수가 적었던 아버지. 특히나 내가 폐인으로 살던 당시에는 더욱 말이 없으셨다. 그저 한심하다는 표정으로만 바라보실 뿐. 이모님 댁에 도착하자 어머니는 다짜고짜 10만 원짜리 수표 한 장을 내미셨다.

"너 일하는데 불러냈으니까, 일당이라고 생각하고 받아둬라."

"……."

"언제까지 그러고 살 거니? 엄마는 지금 너의 모습이 창피해서가 아니다. 뭔가 열심히 하는 게 아니라 시간만 죽이고 있어서 지켜보기가 힘들다. 자식이 망가져 있는 꼴을 보는 게 엄마는 정말 힘들어. 제발 털어내고 다시 시작하는 모습을 보여줘, 엄마 소원이야."

자식을 낳아보니 지금은 알겠다. 자식이 힘들면, 부모는 자식보다 몇 배는 더 힘들고 아프다는 걸. 하지만 그때는 잘 몰랐다. 나이를 서른이나 넘겼지만, 지금 생각해 보면 철부지였다. 그날 난 수표를 만지작거리며 하염없이 눈물만 흘렸고, 운전대를 놨다. 어머니가 걱정하는 마음을 처음으로 내비치니 미안한 생각이 가득했고, 더 큰 이유는 비터기가 너무 힘들었다. 취객에게 더 이상 시달리기 싫었다.

그날 이후, 닥치는 대로 이력서를 냈다. 그중 합격한 곳이 신문사였다. 그렇게 30대에 또 다시 직장이란 울타리로 들어갔다. 대여섯 살 어린 동기들 속에서, 마지막이란 생각으로 이를 악물고 버텼다. 동기들이 힘들다고 그만둘 때도 기사는 물론 사진 찍고 일러스트도 하고, 컴퓨터와 복사기 고치는 허드렛일까지 하면서 버텼다. 해봤던 일이라 익숙한 것도 있었다. 심지어는 영업까지 신문사에서 하는 모든 일을 경험해 본 것 같다. 그러면서 기자라는 직업에 대한 흥미와 자신감이 생겼다.

이후 몇몇 신문사를 거치며 경제부와 문화부 기자로 경력을 쌓아갔다. 내가 꿈꿨던 광고장이는 아니었지만, 기자라는 일은 재미도 있었고, 적성에도 잘 맞는다고 생각했다. 문화부 기자생활을 하던 중 나는 새로운 꿈도 찾았다. '내 이름을 걸고 신문사를 차려보자!' 내가 좋아하면서도 오롯이 내 노력의 대가로만 인정받을 수 있을 거라 생각했다. 인터넷 매체가 드물었던 시절, 나는 공연예술 전문 인터넷 신문사를 창업했다. 꿈을 위해 인터넷 신문사로 이직해서 1년 정도 활동했다. 당시는 인터넷 매체가 드물고, 특히나 공연문화를 전문으로 다루는 매체는 거의 없었다.

창업을 서둘렀다. 더 큰 시련은 이때부터였다. 마

냥 장밋빛일 것만 같았던 언론사업은 지지부진하기만 했다. 과도한 빛이 쌓여 금융권 거래가 막히자, 가족 친구들에게까지 돈을 끌어다가 회사 운영비로 썼지만, 결국엔 신용불량자 신세로 전락하고 말았다. 빛 독촉에 시달리다 보니, 전화벨만 울려도 가슴이 철렁했다.

되는 일은 없고, 빛은 늘어만 가고. 그러다 보니, 연애와 결혼에 대한 생각도 점점 더 비관적으로 바뀌었다. 성공이라는 '인생의 매뉴얼'과는 거리가 먼 나에게 연애와 결혼은 사치였다. 너 같이 준비 안 된 남자랑은 결혼 못 한다고 떠나 버릴까봐 먼저 이별을 고하는 그런 나쁜 남자였다. 너무 높은 곳에 있어 못 먹는 포도를 보며 그냥 지나치지 않고, 저 포도는 아직 익지 않아서 맛이 없을 거라고 중얼거렸던 이솝우화 〈여우와 포도〉 속 여우처럼 맛없는 걸 굳이 먹으려고 애쓸 필요 없고, 안 먹으면 그만이라고 자기 합리화를 하는 지경에 이른 것이다. 난 점점 더 못난 놈이 되어갔다.

나는 무엇을 위해 살았던 것일까? 비범한 사람들처럼 세계 평화나 인류에 기여하는 훌륭한 사람이 되겠다는 목표는 없었다. 돈과 지위가 곧 성공이라는 우리 사회의 일반적인 '성공 매뉴얼'을 쫓으며 살아왔던 것 같다.

나는 서울 변두리에서 태어났다. 말단 공무원 아버지와 주부였던 어머니 사이에서 태어난 3형제 중 장남이었다. 낡은 한옥 단칸방에 세 들어 살던 성장기였지만 동네 친구들에 비하면 우리 집 사정은 그나마 나은 편이었다. 어머니가 소시지나 돈가스를 도시락 반찬으로 싸주셨고, 주산이나 태권도 학원 정도는 다닐 수 있었다. (동생들은 장남인 나만 누릴 수 있는 특권으로 김치만 먹던 가난한 시절로 그때를 기억하고 있다.) 학창 시절 성적은 나름 상위권이었고 한 번에 대학에 합격했다. 문제는 이때부터였다. 모두가 평등하게 가난했기에 가난을 느끼지 못했던 동네에서 벗어나, 고급 브랜드 옷을 날마다 바꿔 입고, 승용차를 몰고 학교에 오고, 엄마 말고 일하는 아주머니가 밥상을 차려주는 2층 집에 사는 친구들을 보며, 난생 처음으로 가난이라는 걸 생각하게 됐다. 진짜 가난보다 무섭다는 상대적 빈곤을 처음으로 경험한 것이다.

이때부터 나에게도 성공이라는 '인생 매뉴얼'이라는 게 생겨나기 시작했다. 나의 인생 매뉴얼은 '저 정도'는 하고 살아야 한다는, 돈과 지위가 곧 성공이라는 우리 사회의 일반적인 매뉴얼과 다르지 않았다. 어디 가서 얘기해도 밀리지 않을 번듯한 직장과 자동차, 연애와 결혼 포함해서 내 나이에 걸맞은 것들을 소유하기 위해 누구보다 열심히 살았다. 그리고 열심히 했기 때문에 그 누구보다 인정받고 싶은 욕구도 강했다. 그러다보니 연속된 실패의 경험들은 자격지심으로 똘똘 뭉쳐진 나를 만들었다.

아이러니하게도 꼬일 대로 꼬여 앞이 보이지 않던 그때, 지금의 아내가 내 인생 속으로 걸어 들어왔다. 누구나 결혼은 인생의 큰 전환점이겠지만, 내 인생은 결혼 전과 후로 나뉠 만큼 많이 바뀌었다. 엄밀히 말하면 지금은 아내가 된 그녀를 만나기 전과 후로 나눌 수 있다. 여전히 직원들의 월급날이 가장 두려운 대한민국의 보통 사장이고, 주머니 사정은 예전보다 조금 나아진 정도지만, 세상을 바라보는 눈은 달라졌다. 지나고 보면 목숨 걸고 아등바등 살 만큼 삶이 그리 대단한 게 아니라는 것, 그리고 산다는 게 그리 특별한 일의 연속이 아니라는 깨달음. 날 행복하게 만드는 건 큰 성취보다는 일상의 사소한 것들이라 것도 아내를 만난 후, 알게 된 것이다.

젊은 날의 나는 단점이 많은 사람이었다. 나 잘난 맛에 사는, 내가 제일 먼저인 나쁜 남자였다. 그래서 날 인정해 주지 않는 세상에 불만이 많았고, 누군가가 나에게 피해를 준다 싶으면 그냥 넘어가는 법이 없었다. 매우 공격적이었던 것 같다. 그리고 지금의 나도 여전히 진중하고 속이 꽉 찬 사람과는 거리가 멀다. 치밀한 계획보다는 운을 믿고, 노력한 것보다 요행을 바라고, 진지한 것보다는 재미를 쫓고, 입만 열면 썰렁한 농담에 아재 개그를 남발하는 그런 캐릭터! 누가 칭찬해 주기를 애타게 기다리기 보단 셀프칭찬을 열심히 실천하는(feat. 아내피셜) 깃

털 같은 가벼움의 소유자이기도 하다. 하지만 이제
는 포용력이 생겼다고 할까. '다 그럴만한 이유가 있
겠지.' 하고 넘길 수 있는 마음을 갖게 됐다. 이런 나
의 변화에 가장 큰 영향을 준 건 아내와의 만남이었
다. 7년의 연애와 5년의 결혼생활 동안 그녀는 나를
좋은 사람으로 변화시켜주는 원동력이 돼 주었다.

함께 아침 햇살에 눈을 뜨고, 맛있는 음식을 함께
먹고, 영화를 함께 보고, 가끔은 새벽에 훌쩍 바다
보러 떠나기도 하는 특별할 것 없는 일상들. 하지만
통금시간 걱정 없이 누구의 눈치도 볼 것 없이 함께
할 수 있는 지금. 7년의 기다림 끝에 결혼을 하고,
딸아이를 출산하고 모든 순간순간이 행복했고, 행
복하다. 이 행복이 사라져버리는 건 아닐까, 걱정이
될 정도로. 실제로 너무 행복해서 불안해하던 지난
해, 든든한 그림자 같았던 아버지가 우리 집안의 유

일한 손녀의 첫 돌도 못 보시고 소천 하셨다. 그나마 탄생과 백일잔치는 지켜보셨으니 아버지는 행복하셨을 터. 하지만 행복하게 잘 나가던 나의 인생에 겸손과 책임감이라는 숙제를 남겨 주셨다.

세상엔 완벽한 행복은 없다고 한다. 다만 미소 지어지는 작은 순간들이 채워져, 행복한 하루를 만들고, 행복한 인생을 만드는 것일 뿐. 완벽한 삶이란 것도 마찬가지일 것이다. 완벽한 삶이란 존재하지 않지만, 적어도 난 완벽에 가까운 삶을 살고 있다고 자부할 수 있다. 나를 채워주는 그녀가, 아내라는 이름으로 내 곁에 있기에…….

둘
●

스물하나, 서른아홉

라디오에서 흘러나오는 철지난 노래나 우연히 텔레비전 리모컨을 누르다가 멈추게 된 오래된 영화가 잠시 잊고 지냈던 과거로 나를 이끌 때가 있다. 나의 경우는 봉준호 감독이 그렇다. 아니 정확히 말하면 그의 영화 〈마더〉가 그렇다.

읍내 약재상에서 일하며 아들과 단 둘이 사는 엄

마(김혜자 분). 그녀에게 아들 도준(원빈 분)은 온 세상과 마찬가지다. 스물여덟 살의 도준은 나이답지 않게 제 앞가림을 못하고 어수룩하다. 그는 자잘한 사고를 치고 다니며 엄마의 애간장을 태운다. 어느 날, 한 소녀가 살해당하는 사건이 일어난다. 엄마는 아들이 범인으로 몰리자 아들을 살리기 위해 백방으로 뛰어다닌다. 그러면서 벌어지는, 아들을 위해 물불 가리지 않는 뒤틀린 모성을 그린 이야기다.

얼마 전, 〈기생충〉이 칸 영화제 그랑프리를 수상하면서 봉준호라는 이름이 연일 화제가 되었다. 난 그로 인해, 아내와의 첫 만남, 강렬했던 추억의 한 장면 속으로 여행을 떠났다.

아내를 처음 만난 2009년은 연초부터 터진 금융 위기로 전 세계가 홍역을 치르고 있었다. 신종플루의 공포까지 겹쳐 IMF 이후 가장 우울한 한 해였던 걸로 기억한다. 환율 상승으로 예정돼 있던 내한공연이 줄줄이 취소되었고, 가족 공연도 신종플루를 이유로 줄줄이 취소되었다. 취소되지 않은 공연장에서는 마스크를 쓴 관객을 흔히 볼 수 있었다. 공연예술 전문 인터넷 신문사를 운영하는 나에게는 악재였다. 공연계가 얼어붙으면 신문사의 매출도 타격을 받기 때문이다. 하지만 대학생 인턴은 여느 해와 마찬가지로 선발했다. 지금도 나는 대학에 재학 중인 학생들을 인턴으로 선발해, 수개월 트레이닝 과정을 거친 후에 정직원으로 채용전환하고 있다. 메이저 신문사 공채시험 전에 인재를 확보하기 위한 전략이다.

2009년 6월 어느 날, 사실 정확한 날짜가 기억나지 않지만, 대학생 인턴 면접날이었다. 모든 분야가 마찬가지겠지만, 기자는 정신적으로나 육체적으로나 빡세기로는 상위클래스를 차지하는 직업 중의 하나다. 취재원을 만나기 위해 혹은 특종을 잡기 위해 몇날며칠 밤샘 뻗침은 기본이고, 때로는 거짓에 가려진 진실을 쫓기 위한 예리함과 판단력, 상황을 정확하게 전달해줄 짧고 매서운 필력까지……. 좋은 기자가 되기 위해선 여러 가지 덕목들이 필요하다. 그중에서도 내가 가장 중요하게 생각하는 건 어떤 까다로운 취재원을 만나든 두려움 없이 질문할 수 있는 담대하고 당당한 성격! 한 마디로 두꺼운 낯짝(?)이다. '누구 낯짝이 제일 두꺼운가?'를 테스트하기 위해, 그해 인턴 면접에서는 한 가지 장치(?)를 더 두기로 했다. 사전 예고도 없이, 영어 인터뷰를 진행했다. 당시 발행했던 월간지의 영문판 감수를 담당하던 외국인 직원을 면접관으로 앉혔다. 영어실력보다는 상황대처 능력을 보기 위해서였다.

총 1천 여 명의 지원자 중 서류와 필기시험 및 취재현장업무 테스트를 통과한 면접 응시자는 30여 명. 그리고 영어면접관의 질문은 한가지였다. '최근에 본 영화 중, 가장 기억에 남는 영화와 그 이유를 설명하시오.' 응시자 중에는 어학연수 다녀와서 영어가 유창한 친구들도 있었지만, 나머지는 거의 단답형이었다. 대답은 둘로 나뉘었다. 그해 봄 개봉한 봉준호의 〈마더〉와 박찬욱의 〈박쥐〉. '재미있었다.' 이상으로 답한 친구는 거의 없었다. 아니 10년이 지난 지금까지 기억에 남을 정도로 인상적인 대답은 없었던 것 같다.

그런데 유난히 눈에 띄는 지원자가 있었다. 이력서 사진부터가 남달랐다. 다른 지원자들은 미용실에서 손질한 머리에, 단정한 감색 혹은 검은색 정장 차림, 메이크업 전문가가 다듬어준 자연스러운 메이크업까지……. 사진들은 전형적이면서도 흠 잡을 곳 없는 정갈한 외모를 자랑했다. '난 진짜, 진짜 성실한 사람입니다.'라고 말하고 있는 듯한. 그중 유독 눈에 들어오는 사진이 하나 있었다. 이른바 얼짱 각도로 찍어낸 휴대폰 사진에 장난기 어린 표정에 포토샵도 안 한 사진이었다. '어쭈, 이거 봐라.' 이런 생각이 들던 차, 문제의 사진 속 그녀가 면접실로 들어왔다. 밥은 제대로 먹고 다니는지 걱정 될 만큼 여린 외모였지만 눈빛만큼은 단단해 보였다. 튀는 이력서 사진 때문에 편견이 생긴 탓인지, 내 첫 질문은 삐딱하게 나갔다.

"기자는 며칠씩 밤새고, 집에도 못 가고, 발로 뛰어야 해서 체력이 기본입니다. 잘 해낼 수 있겠어요?"

그녀의 대답은 망설임이 없었다.

"2년 동안 학보사 기자로 일했고, 시험기간에도 기사
    마감 어긴 적 한 번도 없었습니다. 이젠 단련이 되어
    서 며칠 정도는 밤샘하는 건 자신 있습니다."

목소리는 선명했고, 자신감이 넘쳐흘렀다. 괜히
약이 올라, 외국어 면접관에게 눈짓을 보냈다. 그리
곤 영어로 공통질문이 이어졌다.

"올해 본 영화 중에 가장 기억에 남는 작품이 뭡니까?"

처음 질문을 받았을 때보다는 뜸을 들이더니, 이
내 대답이 이어졌다.

"봉준호의 마더입니다. 제 머릿속에 있었던 모성애는
    아름답다, 무조건 아름답다는 편견을 깨게 해주었고,
    다각적으로 생각해 볼 수 있게 해 주었습니다. 맹목
    적이고 무조건적인 사랑이 다른 누군가에게는 해가
    될 수 있다는 것도……."

대략 이런 내용이었던 것 같다. 그녀의 말은 정확하게 기억나지 않지만, 표정만큼은 아직도 또렷하다. 처음 한국말로 대답할 때처럼 당황한 기색 없이 당당했다. 나중에 들은 얘기로는 그날 그녀는 무척 당황해서 어쩔 줄 몰랐었다고 한다. 심지어는 면접 당시에 〈마더〉라는 영화를 보지도 않았었다고. 그날 이후, 그녀는 우리 회사의 인턴 기자로 일하게 되었다. 스물한 살의 풋풋한 대학생 인턴 그리고 서른아홉 노총각 사장으로 우린 같은 공간에서 일하게 됐다.

보통 인턴 교육은 선배 기자 한명씩을 지정해주고 담당하게 하는데, 그해 인턴 교육에는 사장인 내가 열심히 참여했다. 자꾸 신경이 쓰이는 그녀 때문이었다. 공연 연습실을 탐방하거나 공연을 보고, 관련된 배우나 연출가를 인터뷰하는 현장에 인턴들을 데리고 다녔다. 그리고 리뷰나 인터뷰 기사를 작성하게 했다.

인턴들 중에서도 그녀의 실력이 가장 돋보였다. 학보사에서 기자로 일한 경험 때문인지 군더더기 없이 깔끔하게 기사를 써냈다. 나는 얼렁뚱땅 기자가 된 케이스지만, 그녀는 오랫동안 기자를 꿈꿔왔고 기자로서의 자질도 충분해 보였다. 가장 마음에 드는 건, 자신의 사수나 선배들에게 할 말은 다 하면서도 되바라져 보이지 않는다는 거였다. 말의 내용은 날카로웠지만 태도는 언제나 예의바르다는 인상을 받았다.

첫눈에 느낀 호감 때문일까. 내 관심은 자꾸만 그녀에게로 향했다. 자꾸 신경이 쓰이고, 궁금하고, 눈길이 갔다. 하지만 대놓고 관심을 보일 수는 없었다.

나는 사내연애를 권장(?)하는 사장도 아니었고, 무엇보다 가장 큰 걸림돌은 띠동갑을 넘어선 나이 차였다. 학벌도 외모도 성격도 뭐하나 빠질 것 없는 그녀가 나이 많은 날 연애상대로 봐줄리 만무하고, 게다가 세상이 이렇게 나이 차이가 많은 연인을 어떻게 바라보는지 너무나 잘 알고 있기에 두려움이 앞섰다.

만약 당신의 친구가 띠동갑을 넘어서는 어린 여자와 혹은 남자와 연애한다고 하면, 당신의 반응은 어떨까? 나의 경험을 돌이켜 보면, 별로 안 친한 친구라면, 각자 취향이 있는 법이라거나 사랑하는데 나이가 무슨 상관이냐고 말해줄 것이고, 막역한 사이라면, 정신 차려라, 날 강도 같은 놈이 여기 있었다며 직격탄을 날릴 것이다. 그러면서도 한편으론 비결이 뭐냐며 내심 부러워할 것이다.

반대로 여자가 띠동갑 넘게 어린 남자를 사귄다고 해도 덮어놓고 비난 받을 확률이 높다. 실제로 나이 차이 많이 나는 어린 남자와 결혼한 가수 미나나 함소원 등의 커플은 단순한 화제를 넘어 온갖 악플에 시달렸다고 하니, 여전히 우리 사회엔 나이 많은 커플을 보는 편견 어린 시선이 견고하게 남아있다. 나도 예외는 아니었다. 실제로 이런 일도 있었다. 열여덟 살, 어린 남자와 목하 열애중인 여자 후배가 있었다. 모출판사에서 과장으로 근무하던 30대 후반의 후배는 대학생 남자와 사귀고 있었다. 심지어는 연애기간 동안 '곰신' 노릇까지 했다. 곰신이란 '고무신'의 줄임말로 군대 간 남친을 기다리는 여자 친구라는 뜻이란 것도 그 후배 때문에 알았다. 남자 친구가 제대하고 유학길에 오르면서 결국 그 커플은 헤어졌다. 당시에 그 후배에게 난 이런 말들을 했었다. 가차 없이.

"남자 친구 용돈 주려면 돈 많이 벌어야 되겠다."

"연애만 할 거지? 설마 결혼까지 하려는 건 아니지?"

이런 오지랖 넓은 비난 섞인 조악한 조언들을 쏟아냈었고, 심지어 후배의 남자 친구를 이름 대신 '십팔억'이라는 별명까지 지어 줘가며 놀려대기 바빴었다.

그런데 남자가 어마어마한 재벌이거나 능력자인 경우는 얘기가 조금 달라지는 것 같다. 예를 들어, 세계적인 미디어 재벌 루퍼트 머독은 85세의 나이에 25세 연하의 전직 모델 제리 홀과 결혼을 했었다. 이 경우는 뭐, 실제로(?)도 그랬지만 남자가 자신보다 한참이나 어린 여자를 사귈 때는 비난하면서도 한편으론 저 남자 능력 좋구나, 같은 부러운 시선이 섞여든다.

남자들 사이엔 '2080'이라는 농담이 있다. 남자가 능력이 있으면, 20대에도 20대를 80대가 되어서도 20대 여자를 선호한다는 뜻이다. 솔직히 나도 내 또래 보다는 20대의 여자들을 선호했다. 단순히 어리고 예뻐서가 아니라, 결혼에 대한 부담감 때문이었다. 20대는 결혼까지 생각하지 않고 만날 수 있지만, 또래 여자를 만나면 조금 지나 결혼 얘기가 나오고, 그러고 나면 빚밖에 없는 경제상황을 오픈해야 하는 게, 창피하고 자존심이 상했기 때문이다. 하지만 이번 경우는 좀 달랐다. 나이 차이가 나도 너무 났다. 처음 우리 사이에는 이런 대화들이 오갔다.

"몇 년생이라고?"

"88년생이요."

"와……나는 그때 고등학교 3학년이었는데……. 너, 임춘애 모르겠다?"

"그게 누구예요?"

"호돌이는 아니?"

"강호동이요?"

"……."

 나이도 나이고, 내가 직장상사라는 것도 문제였
다. 다가가기엔 이래저래 걸리는 게 너무 많았다. 그
래서 머리로는 몇 번이고 단념했었다. 하지만 그럴
수록 마음이 자꾸만 그녀에게 갔다. 궁금했다. 어떤
사람인지, 어디에 사는지, 요즘 어떤 책을 읽는지,
어떤 음식을 좋아하는지, 어떨 때 가장 크게 웃는지,
요즘은 무슨 고민이 있는지 세세한 것까지 모든 것
이 다 궁금했다. 궁금한 점을 알아내기 위해 멀리서
관찰하기도 하고, 입사 동기 다른 인턴들에게 살짝
물어보기도 하고, 얘기를 나누며 직접 물어보기로
했다. 조금씩 가까워지고 궁금한 점을 알아갈수록
난 그녀가 좋았다. 그리곤 아무리 생각해 봐도, 결론
은 늘 하나였다.

"뭐 어때? 내가 유부남도 아니고, 여자 친구가 있는
것도 아닌데……. 좋아하는 게 죄는 아니잖아."

부담 주면 도망갈까 봐, 최대한 가볍게 그녀에게
접근했다. 그날부터 습관적으로 인턴들에게 영화나
공연을 다함께 보러 가자고 제안했다. 마침 공짜 티
켓이 생겼다면서. 내심 그녀와의 둘만의 시간을 기
대하면서. 처음에는 사장 눈치를 보며 따라나서던
인턴들은 시간이 지나자 하나둘 선약이 있다며 피
하기 시작했고, 결국엔 그녀와 단둘이 공연을 보러
갈 수 있게 됐다. 끈질긴 나의 노력으로 나와 그녀,
단 둘만의 시간이 우연을 가장해서 찾아온 것이다.
다른 인턴이나 직원들이 우리 사이를 눈치 챘냐고?
천만의 말씀. 어느 직장에서나 상사와 함께 문화생
활을 하는 경우는 거의 없기 때문이다.

셋

그래도 우린 햇살 속에 있었다

나는 여전히 그녀의 눈치 보는 중이었다. 싫은 기
색을 비추면 재빨리 발을 빼려고 늘 한쪽 발만 그녀
쪽으로 걸쳐 놓은 상태였다고 할까. 그런데 어찌된
일인지, 그녀도 싫지 않은 눈치였다. 그녀와 함께하
는 시간이 즐거웠다. 그녀는 내 썰렁한 개그에도 빵
빵 터졌고, 많이 웃어줬다. 공연과 영화를 보고 나서
의 '후 토크'도 우린 서로 잘 통했다. 하루는 공연을 보고 그 다음날은 영화를 보고, 주말에는 주중에 못 본 영화와 공연을 보는 만남이 이어졌다. 그중에는 당시 대학로 소극장에서 공연 중이던 뮤지컬 〈김종욱 찾기〉도 있었다. 공전의 흥행을 기록하고, 영화로까지 만들어진 작품이다.

운명적인 사랑을 찾아 인도로 여행을 떠난 스물둘의 여주인공. 턱 선의 각도가 외로워 보이며, 콧날에 날카로운 지성이 흐르는 운명의 남자, '김종욱'을 만난다. 비행기 안에서 시작된 운명적인 세 번의 인연으로 둘은 사랑에 빠지고 다시 만날 것을 약속하지만 두 사람은 다시 만나지 못한다. 그 후 7년 동안, 여주인공은 시간이 지나도, 어떤 남자를 만나도, 여전히 첫사랑 김종욱의 추억에서 벗어나지 못한다. 운명적인 첫사랑에서 헤어나지 못하는 여주인공은 '첫사랑 찾기 주식회사'를 찾아가고, 거기서 '첫사랑

을 찾아주는 남자'를 만나, 지금은 서른 초반이 되었
을 추억 속의 김종욱을 찾아 나선다. 그래서 운명이
라 믿었던 첫사랑을 다시 만났냐고? 결론은 아직도
영화나 뮤지컬은 안 본 분들을 위해 아껴두겠다.

〈김종욱 찾기〉의 여주인공이 여행지에서 만난 남
자를 운명이라 생각한 이유는 반복된 우연을 필연
이라 여겼기 때문이다. 여자는 자신에게 찾아온 사
랑이 반복된 필연이 가져온 선물이라 생각했다. 하
지만 그녀의 첫사랑인 김종욱은 필연보다는 반복되
는 우연이 가져온 결과쯤으로 여겼던 것 같다. 김종
욱의 진심이 뭐였는지, 뮤지컬에서는 구체적으로 묘
사되지 않았지만, 적어도 난 그렇게 생각했다. 그래
서 그만큼 두 사람이 느끼는 사랑의 무게 또한 달랐
을 거라고. 그도 그럴 것이 서른아홉의 나는 로맨티
스트와는 거리가 멀었다. 한동안 날 방황하게 했던

첫사랑 이후 몇 차례의 만남과 이별이 있었지만, 운명이라는 생각이 들 정도의 상대는 없었다. 그때의 나는 내가 밀려날까봐 미리 상대방을 밀어내기에 바빴었으니까.

그날 영화를 본 후 우리의 대화는 자연스럽게 '운명의 상대'라는 게 존재하는지에 대한 이야기로 이어졌다. 내가 그녀에게 정말로 궁금했던 건 '이제 겨우 스물하나인데, 사랑이라 부를 만한 연애를 해봤으려나?'였다. 그런데 그녀의 대답은 내 예상을 한참이나 벗어나 있는 것이었다.

"운명의 상대 같은 건 믿지 않아요. 한때의 격한 감정을 느낄 수도 있겠죠. 그걸 사랑이라고 착각할 수도 있겠지만, 더 중요한 건 서로에게 신뢰를 쌓아가는 거라 생각해요."

그 대답을 듣는 순간, 난 한 번 더 그녀에게 다가 갈 용기를 얻었던 것 같다. 순간의 감정에 휩쓸리는 마냥 어리기만 한 스물한 살이 아니라는 게 느껴졌 기 때문이었다. 그녀는 알면 알수록 어른스러운 구 석이 많았다.

그녀는 초등학교 때 천안에서 서울 강남으로 전 학을 오면서 낯선 환경에 적응해야 했다고 한다. 그 녀는 친구들과도 잘 어울리고 혼자서 책 읽는 시간 도 좋아하는 학창시절을 보냈다고 한다. 더 성숙했 던 그녀의 친오빠와 어른스러운 대화를 주고받았으 며, 학교에서는 선생님들과 소통을 더 많이 해서 그 런지 이미 정신적인 성숙도는 어린 시절부터 갖춰 졌던 것 같다. 대학에 들어가서는 치열한 경쟁률을 뚫고 학보사 기자가 되었다. 기자라는 꿈도 있었고, 학보사에 들어가면 특별 장학금을 받을 수도 있었기 때문이었다고 들었다. 다양한 직업, 연령의 사람들을 만나 인터뷰를 하면서 쌓은 간접적인 삶의 경험들과 지식들은 그녀를 나이보다 더욱 성숙한 사람이 되게 만드는 자양분이 되었던 것 같다. 또래 남자들은 마냥 어리게만 보여 이성으로 끌리지 않았다고 하니, 나에게는 얼마나 다행스러운 일인지.

그녀는 틈틈이 과외 아르바이트를 하며 용돈 정도는 스스로 해결했다고 한다. 교직에 계신 아버지 덕분에 학비 걱정할 형편도 아니었는데 말이다. 그러면서도 전공, 부전공, 복수전공까지 하고 한 학기 조기졸업까지 했으니, 분명 나와는 다른 부류의 사람이라는 생각이 들었다. 차근차근 자기 앞날을 위해 계획하고, 실천해 나가는 독한(?) 구석이 있는 여자. 추진력은 좋지만, 치밀함은 떨어지는 나와 잘 어울린다고 생각했다. 그녀는 9살 어른스럽고, 난 여전혀 정신 못 차리고 사는 9살 어린 철부지. 그렇게 우리는 정신연령만큼은 동갑내기라고, 이런 자기합리화(?)에 이르게 됐다.

나의 '정신연령 동갑내기' 자기합리화에 힘을 보태준 건, 그녀의 태도였다. 평소 눈치 없다는 지적을 많이 받는 편인 내가 느끼기에 그녀도 나에게 호감이 있었다. 공연이나 영화 보러가자고 하거나 밥이나 먹자는 제안을 한 번도 거절한 적이 없었다. 그리고 어느새 우리는 날마다 만나고 날마다 집에 데려다 주는 그런 사이가 되어 있었다. 짧은 기간의 탐색전(?) 끝에, 나는 용기를 내기로 했다.

"내가 대표라서 거절 못 하고 계속 만나주는 거야?"

돌아온 대답은 뜻밖이었다.

"아뇨. 면접날 대표님 처음 봤을 때, 그땐 대표님인지 누군지 몰랐지만, 정말 슈트발이 잘 받는다고 생각했는데요. 멋있어 보여서 자꾸 눈길이 갔어요. 그때부터 호감이 있었어요. 물론 그땐 대표님 나이가 그렇게 많을 거라곤 생각 못했지만……."

알면 알수록 대단한 여자였다. 난생 처음 면접을 보는 그 혼돈의 와중에도 슈트발이 멋진 남자에게 눈길을 주고 있었다니. 그게 바로 나여서 얼마나 다행인가 싶던지. 게다가 나만 그런 게 아니라, 그녀도 나에게 첫눈에 호감을 느끼고 있었던 것이다.

서로의 호감을 확인한 그날 이후, 우리는 여느 연인처럼은 아니더라도 즐거운 마음으로 데이트를 했다. 멋진 곳에 데려가고, 비싼 선물 공세를 했냐고? 아니다. 한강공원에 가서 컵라면을 먹고, 후식으로 자판기 커피를 마셨다. 돈 드는 공간에 가는 대신 걸고 또 걸었다. 그런 소박한 데이트를 그녀 또한 즐기는 듯했다. 사실 그녀에게는 '오랜만에 자판기 커피와 컵라면을 먹는 소박한 데이트를 해보고 싶었다.' '이런 게 원래 내 취향이다.'라고 말했지만, 사실은 핑계였다. 당시의 나는 정말로 돈이 없었다.

회사 대표인데 돈이 없다는 것이 이해가 안 될 수도 있겠지만, 그녀를 만난 서른아홉의 나는 최악의 상황에 놓여 있었다. 당장 이번 달 갚아야 할 원금에 이자까지……. 경제적으로 궁지에 몰릴 대로 몰려 있었다. 아홉수(?)라 부르지 않고는 설명되지 않는 인생의 혹한기였다.

게다가 난 좋은 남자 친구가 될 만한 사람도 아니었다. 나쁜 남자 쪽에 가까웠다. 순수했던 사랑도 있었지만, 몇 번의 상처와 트라우마를 겪은 후, 여자가 먼저 떠날 것을 대비해 늘 '아님 말고'의 마음으로 여자를 만났었던 것 같다. 그때의 나는, 좋아하는 사람이 생기면 머릿속에 계획표가 생기는 여자들의 심리를 이해하지 못했었다. 이만큼 만나면 고백을 받고 싶고, 얼마가 지나면 이런 프러포즈를 받고 싶고……. 드라마나 영화 속 러브스토리처럼 일련의 과정들을 꿈꾸며 나에게 기대했지만, 난 그녀들의 마음을 몰랐고, 때로는 알면서도 외면했다.

그녀와의 만남이 계속될수록, 그녀를 향한 마음이 커질수록, 마음 한구석에 미안한 마음이 싹텄다. 나보다 좋은 남자를 만날 기회가 얼마든지 많은 어린 친구에게 컵라면 밖에 못 사주는 나 같은 사람을 계속 만나자고 해도 되는 걸까? 서로를 향한 마음이 더 커지기 전에, 놔줘야겠다는 생각을 했었던 것 같다. 평소처럼 그녀의 집 앞까지 데려다주곤, 그녀가 차에서 내리기 전에 말을 꺼냈다.

"앞으로도 컵라면 밖에 못 사줄지도 몰라. 넌 좋은 남
자 얼마든지 만날 수 있는데, 너의 앞길을 막고 싶지
는 않거든. 더 만났다가 서로 상처 주지 말고, 아니다
싶으면 여기서 끝내도 돼."

그녀의 표정은 흔들림이 없었다. 덤덤한 반응에
오히려 불안했다.

"나한테 3일만 시간을 줘요. 진지하게 생각해 볼게요."
"알았어, 기다릴게."

애써 쿨한 표정으로 돌아섰지만, 곧바로 후회가
밀려들었다. 괜히 먼저 얘기를 꺼낸 거 아닐까? 이
대로 헤어지자고 하면 어쩌지? 머릿속은 수많은 걱
정들로 채워졌고, 이후 이틀은 내 인생에서 가장 길
고 느린 시간이었다. 애꿎은 전화기만 노려보며, 먼
저 전화를 걸고 싶은 마음을 꾹꾹 눌러 담았다. 출근

을 해서도 하루 종일 그녀의 눈치만 살피며 보냈다.

그리고 이틀 후 저녁, 그녀에게서 연락이 왔다. 짧은

문자메시지였다.

"왜 연락 한번을 안 해요?"
"3일 동안 시간 달래서ㅠ"
"안 궁금해요?"
"궁금했지만 시간 달래서ㅠ"
"그냥 사귀죠. 우리 내일 만나요."

그 다음날 우린 만났다. 3일 만이었다. 그날의 하

늘은 유난히 밝았고, 차창으로 흘러드는 바람은 싱

그러웠다. 그날의 나에겐 자동차의 매연마저도 향기

롭게 느껴졌다. 가슴 벅찬 마음은 실로 오랜만에 느

껴본 기분이었다. 설레는 마음으로 그녀와 마주 앉

았다.

"3일 동안 무슨 생각했어?"
"이 사람을 안 만나고 내가 살 수 있을까 생각해 봤어
 요. 안 될 것 같더라고요."
"넌 아직 어리잖아, 좋은 사람 만날 기회도 많고."
"나이가 무슨 상관이에요."

나이가 무슨 상관이에요. 내가 그녀에게 가장 듣
고 싶었던 말로 그녀는 나의 고백을 승낙했다.

스물하나, 서른아홉의 우리는 그렇게 연인이 되
었다.

이후에도 우리는 고수부지 컵라면 데이트를 이어
갔다.

"나는 결혼할 사람 아니면, 돈 안 쓴다."

주로 이런 핑계를 댔었다. 당시 그녀는 정말로 그
런 줄만 알았다고 한다. 옷이나 가방을 선물하면서

괜히 폼 잡으려고 돈 쓰는 남자들보다 낫다고 칭찬
까지 해줬다. 굴러 가는 것이 신기할 정도로 덜덜거
리는 수동 기어의 자동차를 타고도 우린 행복했었
다. 단지 변속할 때마다 기어를 바꾸느라 운전하는
내내 손을 잡지 못해 안타까울 뿐. 사랑을 막 시작하
는 연인들의 달달함과 설레는 마음이 가득했던 그
때……. 가난한 연인이었지만, 그래도 우린 햇살 속
에 있었다.

넷
●

날 떠나도 괜찮아

1995년에 개봉한 〈비포 선라이즈〉는 아는 사람
은 다 아는, 로맨스 영화의 전설이다. 나에게도 인생
작 중 하나다. 〈비포 선라이즈〉는 유럽여행 중 기차
에서 만나 사랑에 빠지는 가난한 젊은 미국인 남자
와 젊은 프랑스인 여자의 이야기다. 유럽여행을 하
는 젊은이들의 이야기이므로 마냥 가난한 사랑이라
할 수 없다고 주장하는 사람도 있을 테지만, 알고 보

면 주인공들은 무리하게 돈을 빌려서 여행을 떠나왔다. 이들은 레스토랑에 들어갈 돈도 호텔에 들어갈 돈도 없다. 화장기 없는 얼굴에 구질구질한 옷을 입고 사랑에 빠진 후엔 공원에서 밤을 새운다. 이렇다 보니 그들의 사랑에서 나타나는 것은 주로 책 이야기나 사회적 시선의 문제, 인생에 가지는 기대 같이 자신의 가치관이 드러나는 게 중심이 된다. 다시 말해, 이 영화가 아름답게 기억되는 이유는 사랑에 빠진 이유가 서로의 배경이 아닌 사람 그 자체였다는 점이었다.

영화가 아닌 현실에서는 어떨까? 현실에서 가난한 연애는 구질구질하고 눈물겨운 일이 되기 십상이다. 동서고금 어디나 언제나 그렇다. 사랑하는 사람에게 마음을 표현하는 일은 대개 물질적인 대가가 필요한 일이기 때문이다. 좋아하는 사람의 생일에도 케이크 하나 사주기 힘든 형편이라면 케이크를 못 먹어서 슬픈 게 아니라 그런 현실이 슬퍼서 사랑은 우울해지기 쉽다. 게다가 젊은 청춘도 아닌 마흔이 넘은 나이에 케이크 하나 사줄 형편이 안 된다면? 그런 사람에게 사랑은 더 이상 누려서는 안 될 사치다.

당시의 나에게도 사랑과 연애는 사치였다. 우린 고수부지에서 컵라면을 먹고, 자판기 커피나 마시는 데이트를 했다. 그나마 다행은 내가 인터넷 신문사를 운영한 덕분에 초대권으로 공연과 영화는 어렵지 않게 볼 수 있었다는 점이다. 하지만 고수부지 데이트의 낭만도 하루 이틀이고, '결혼할 여자 아니면 돈 안 쓴다.'는 핑계도 매번 써먹을 순 없었다.

한 번은 이런 일도 있었다. 돈도 없으면서 그런 곳

엔 왜 갔는지……. 우린 백화점에 함께 갔었다. 명품관이나 브랜드관 그런 데도 아니었고, 할인상품을 모아둔 행사장 어딘가를 지나고 있을 때였다. 여자 친구의 눈이 어떤 가방에 머물러 있었다. 할인 가 1만5천 원짜리 가방이었다. 사주고 싶었지만, 사줄 수가 없었다. 신용불량자이다 보니 카드조차 쓸 수 없는 신세였다. 그날은 수중에 단돈 2만 원도 없었다.

생일이나 기념일에도 비싼 선물 한 번을 못해줬다. 하루는 사귄지 2년이 넘어, 두 번째로 함께 보내는 그녀의 생일날이었다. 큰맘 먹고 홍대 옷가게를 지나며 영화 속 주인공처럼 마음에 드는 것 다 고르라며 허세를 부렸다. 수중엔 10만 원뿐이었지만 말이다. 그녀는 한참을 고민하더니 3만 원짜리 원피스 한 벌을 골라들었다.

"이거면 됐어."

그렇게 선물을 사주고, 나머지 돈으로 맛있는 거 사먹은 게 우리가 부린 최고의 사치였다. 그녀는 불평 한마디 없었다. 명품이나 비싼 선물을 바라지도 않았고, 작은 선물에도 정말로 기뻐했다. 그런 그녀였기에 난 용기를 낼 수 있었다. 2011년 연애 3년 차가 되던 해, 난 그녀에게 모든 걸 털어놓았다. 금융권과 개인적으로 융통한 돈을 합쳐 수억 원의 빚이 있고, 지금은 신용불량자 신세라고. 이렇게만 말하면 바로 차일까봐, 최대한 짧은 기간 내에 모두 해결할 계획을 가지고 있다는 것도 어필했다. 그리곤 정성스레 준비한 기획안을 보여주며, 그녀 앞에서 앞으로의 내 계획에 대해서 최대한 자세하게 말했다. 한동안 긴장감 속에 침묵이 이어졌다. 괜히 말했나 싶었다.

"난 결혼할 사람에게만 돈 쓴다고 해서, 정말로 그런 줄로 알았어요. 그리고 진짜 라면을 좋아하는구나 했었어요."

가슴이 철컹했다. 내 상황을 전혀 눈치 못 챘었다는 반응이었다.

"농담이야. 농담~ 그렇게 덜덜거리는 고물차로 어린 여자를 꼬시려고 하는 걸 보면 배짱 하나는 좋은 사람이라고 생각했어요. 열심히 사는 거 누구보다 잘 아니까, 잘 하리라 믿어요."

'나를 떠나도 괜찮아.'라는 심정으로 한 고백이었지만 그녀는 나를 다시 한 번 믿어줬다.

난 재기를 위해 정말로 열심히 뛰고 있었다. 당장에 수익에 나는 건 아니었지만, 인터넷 신문사를 운영하면서 DB들을 꾸준히 구축했고, 그 어느 매체보다 자료들을 많이 확보하고 있었다. 당시에는 그걸

들고 국내 유명 IT업체와 M&A를 협상 중이었다. 그녀와 사귄 후부터, 나는 빨리 빚을 청산하고 신용불량자 신세를 벗어나려고 돌파구를 찾고 있었다. 돈이 없고, 결혼할 준비가 안 됐다는 이유로 그녀를 놓치고 싶지 않았고, 그녀 앞에서 떳떳한 남자가 되고 싶었다. 그리고 어느 정도 해결의 가능성이 보이자, 그녀에게 고백을 한 것이다.

이제는 추억으로 남은 가난했던 연애의 시간들. 그런 상황을 지나왔기에 난 내 사랑에 대한 확신을 할 수 있었던 것 같다. 만약 그녀가 생각하는 사랑의 모습이 드라마 속 낭만적 판타지를 재현하는 것이었다면, 우리의 사랑은 실패했을 것이다. 사랑은 정신적 동반자를 찾아나서는 것이라는 데에, 우리의 생각은 같았다.

비록 길거리 라면과 자판기 커피뿐이었지만 나는 그 지질함 속에서 진짜 사랑을 발견했다. 사랑을 하려는 사람들은 불편하고 뭔가 결핍된 환경 속에 같이 있어 보아야 상대가 어떤 사람인지 알 수 있다. 물론 같이 행복할 사람이라면 풍요 속에서 더 큰 행복을 가질 수도 있겠다. 하지만 풍요 속에서 만난 사랑은 약간의 고난에도 상처를 입을 수 있다. 사랑은 인생의 고단함을 함께 걸어갈 동반자를 찾는 것이라고 생각한다.

다섯

●

말할 수 없는 비밀, 연애

얼마 전, 한 온라인커뮤니티에는 '내 남자 친구는 진짜 멋있어요.'라는 제목의 글이 화제가 된 적이 있었다. 이 글을 쓴 네티즌은 키가 큰 연하의 남자와 사귀고 있으며, 능력자라는 소리를 듣는 행복한 여자라고 스스로를 소개했다. 이어 남자 친구가 너무 좋아서 자랑하고 싶다고 말을 꺼냈다. 남자 친구가 자신들의 이야기를 주제로 칠판에 그래프를 그리며 강의를 하는 모습이 귀엽다며 감탄하기도 했다. '행복한 여자의 남자 친구 자랑'은 그야말로 인터넷에서 난리가 났었다. 얼마나 좋으면 동네방네 떠들고 싶었겠는가! 친구에게 애인 자랑을 하고 싶은 건 아주 자연스러운 심리다.

우리는 7년 연애했다. 그것도 비밀 연애. 처음에는 누군가 알아챌까, 조마조마할 때도 있었지만, 스릴 넘치는 순간들이 더 많았다. 복도를 마주하고 지나갈 때 살짝 스치는 손끝이 애틋했고, 모니터 너머로 우리 둘만 아는 눈짓을 교환하는 것도 은밀한 즐거움이었다. 업무 때문에 이야기를 나누다가 나도 모르게 나온 '연인 톤 목소리'를 서둘러 거둬들이기도 했다. 시간 차 퇴근 뒤, 회사에서 멀찌감치 떨어진 곳에서 그녀를 기다리는 시간이 한없이 설렜고, 안정 거리에 접어 들어서야만 맘껏 잡을 수 있는 손은 더 보드라운 듯했다. 야근과 휴일 근무가 잦은 터라 상대의 희생과 배려를 먹고 연애를 유지할 수밖에 없는 직업 특성상 우리는 서로를 잘 이해할 수 있는 완벽한 커플이라고 생각했다.

짜릿한 스릴과 재미……. 하지만 완벽한 커플이라는 착각은 오래 가지 않았다. 비밀 연애가 길어지면 길어질수록, 이별을 재촉하는 위험 요소들이 하나둘씩 튀어나오기 시작했다. 우선은 비밀 연애는 시작할 때부터 문제가 되기도 한다. 우리의 경우, 사내연애, 사장과 직원, 격한 나이 차이까지 입방아 오르기에 수많은 요소를 두루 갖추고 있다 보니, 사람들의 시선이 부담스러웠다. 처음에는 차라리 이럴 바엔 비밀로 하는 게 낫겠다 싶었다.

분명 쌍방이 동의해서 그러자고 했다. 비밀 연애

란 것이 본디, 한 사람이 비밀 연애를 제안하면 나머지 한 사람은 거절하기가 어려워진다. 설사 비밀 연애가 내키지 않더라도 상대방이 강력하게 주장하면 분위기를 망치기 싫어 어영부영 따르게 된다. 나도 우리의 특수한(?) 상황을 너무나 잘 알기에 비밀 연애에 흔쾌히 동의했었다. 하지만 시시때때로 불길한 생각이 들곤 했다. 진심이 아닌가? 내가 부끄러운가? 어쩔 때는 마음이 복잡해 잠도 오지 않았다. 쪼잔하게 보일까봐 이런 감정을 솔직하게 털어놓지도 못했다.

주변 눈치 보느라 둘만의 시간을 만들기도 힘들었다. 끝나고 다 같이 치맥 하자는데 둘만 쏙 빠지면 커플인 게 티가 날 것 같아서 억지로 참석하는 술자리가 일주일에 두어 번. 10분 뒤에 만나자며 다른 방향으로 가는 척 따로 나섰다가, 약속 장소에 제때

도착하지 못해 하염없이 기다리기 일쑤. 간신히 만나 데이트를 하려고 해도, 혹여나 아는 사람을 만날까 끊임없이 주위를 살펴야 했다. 스릴 있다고 좋게 생각하는 것도 하루 이틀이지, 죄 지은 사람마냥 숨어 다니는 것에 지쳐갔다.

의도치 않은 다툼도 생겼다. 아무리 숨기고 또 숨겨도 사랑은 눈빛에서, 행동에서 다 티가 나게 되어 있다. 둘이 사귀냐고 의심받게 될 것은 불 보듯 뻔하다. 그런데 사람이 궁지에 몰리게 되면 괜히 오버를 하게 된다. 도둑이 제 발 저리다고 되레 큰 소리로 헛소리를 하게 되는 것이다. '쟤는 이성으로 느껴지지도 않아.' '에이 나이 차가 너무 많은데 무슨 연애를 해요.' 그럴 때면 서로가 본심이 아니라는 것을 알면서도 섭섭한 건 어쩔 수 없다. 결국, 상한 기분을 숨기지 못하고 툴툴거리게 될 때도 있었다.

가장 난감했던 건 다른 이성이 접근한다는 것이다. 공개 연애를 하면 다른 이성들로부터 내 애인을 보호하기 편하다. 상식적인 사람이라면 임자 있는 사람에겐 접근하지 않을 테니까. 하지만 비밀 연애를 하면 다른 놈이 내 애인에게 추파를 던지는 꼴을 보고도, 어떤 조치도 취하기 어렵다.

여자 친구에겐 다른 신문사 기자 놈('놈'이라고 표현하고 싶었다.)들의 공세가 많았다. 내 애인한테 이성의 감정으로 접근하는 걸 알면서도, 적극적으로 나서서 말릴 수가 없다. 애써 쿨한 척, 만나보라고 부추기기까지 했다.

"ㅇㅇ일보 기자가 공연 보러 가자는데 어떻게 할까요?"
"같은 분야에서 일하는 사람들끼리 선후배로 친해지면 좋지. 한번 만나봐."

그 다음날

"외제차로 집 앞까지 데려다 줬어요."
"레스토랑에 가서 맛있는 걸 먹었어요"

그녀는 나에게 아주 솔직하게 작업 거는 놈들의
신상과 상황에 대해 그것도 아주 디테일하게 말해
줬다. 그럴 때면 나는 인자한 미소를 띤 채 '좋았겠
네~' 하고 넘겨야 했다. 허벅지를 꼬집어가며 끓어
오르는 질투를 꾹꾹 눌러 담아야 했다.

한참이 지나서야 알게 된 일이지만, 당시의 그녀
에게도 비밀 연애가 주는 불안함이 많았다고 했다.
자기에겐 관심도 없고 일에만 파묻혀 사는 남자 친
구를 시험해 보고 싶었다고 했다. 그래서 일부러 추
파 던지는 남자 얘길 꺼내며 속을 긁어봤지만 그 남
자랑 만나보라고까지 하니 속으론 더욱 화가 났었

단다.

비밀 연애의 약점은 언젠가는 발각된다는 거다. 하지만 우리는 '프로 비밀 연애러'들처럼 끝까지 잘 숨긴 편이었다. 연애 끝 무렵, 같은 회사에서 일하는 내 친동생이 살짝 눈치를 챌 정도였다. 여자 친구의 경우는 결혼날짜를 잡은 후에야 주변인들에게 알렸다. 심지어는 결혼식 당일 평소에 '친구 회사 대표 님'으로만 알고 있던 내가 '비밀 연애 상대'였다는 걸 알게 된 친구도 있었고, 동종업계에서 일하는 사람들은 결혼식장에서 충격과 박수의 공존을 느껴야 했다.

중요한 건 뒷감당이다. 배신감에 부들부들 떨고 있는 친구들에게 구구절절 일일이 설명하고 해명했다. 그렇게 죄지은 사람처럼 사과하고 다니다 보면 현자 타임이 올 때도 있다. 어차피 이렇게 될 거 그냥 처음부터 말할 걸…….

무엇보다 비밀 연애의 가장 큰 괴로움은 '본의 아니게 거짓말쟁이'가 되어야 한다는 거다. 특히 친구에게 연애 상대를 감춘다는 건, 일상의 거의 모든 일을 감추는 것과 같다. 하다못해 어제 뭐했냐는 간단한 질문에도 솔직하게 대답하지 못한다. 알다시피 거짓말은 거짓말을 낳는다. 그러다 보면, 어느 순간 돌이킬 수 없다. 날 아껴주고 걱정해 주는 친구들 얼굴을 볼 때마다 마음이 무거웠다. 그래서 연애 3년 차 쯤, 친한 친구들에게는 여자 친구의 존재를 알렸다. 가족이나 직장에서는 비밀이었지만, 친구들에게는 자꾸 거짓말하게 되는 상황이 싫어서 어느 날 술자리에서 고백했다.

아, 곧바로 후회했다. 반응들이 장난이 아니었다. 장난을 가장한 비난이 쏟아졌다. 당시 40대에 접어든 내 친구들은 대부분 장가를 갔고 일찍 장가간 친구는 학부형이었다. 특히 딸 가진 친구들의 반응이 격했다. '어린애 데리고 장난하지 마라.' '적당히 만나다 헤어져라.' 순식간에 죽일 놈이 됐다. 이놈들한테 여자 친구를 인사시켜줬다간 좋은 꼴을 못 볼 거 같았다. 그나마 다행인건, 내 얘기를 진지하게 들어준 친구가 딱 두 놈 있었다는 거다.

그녀에 비하면 내 상황은 백배 나은 편이었다. 그녀에게는 나와의 연애가 세상 누구에게도 말할 수 없는 비밀이었다. 부모님과 가족들은 반대할 게 뻔했고, 교회나 학교 친구들에게도 비밀이었다. 친한 친구한테까지도 비밀을 지키는 이유는 나중에 알게 되었다.

"나한테 자기가 소중한 사람이라서 그래요. 잘 알지도 못하면서 겉모습이나 나이와 조건만 보고 판단하고 비난하고, 그걸로 상처 주는 말 아무렇지 않게 내뱉는 게 싫었어요."

그녀의 말에는 오랜 고민의 흔적들이 담겨 있었다. 나이 차이를 꺼내는 순간 나는 '양심 없는 도둑놈'이고, 그녀는 '그의 능수능란함에 넘어간 순진한 어린 양'으로 전락하고 말 것이라는 두려움. 나이 많은 남자를 만나면 스킨십의 진도를 빨리 뺀다는 수군거림. 이유 없는 폭력적인 시선. 대부분의 사람들은 서로 열심히 그린 라이트를 깜박거려서 연애가 성사되었을 가능성에 대해서는 일절 상상하지 않았다. 분명히 '내 감정과 선택이 반영된 관계'인데도 '나이 많은 남자의 트로피'가 된다고만 생각하는 게 싫다고도 했다. 그리고

"자기가 이상한 사람으로 오해를 받는 것보다 더 싫은 건, 그걸 해명해야 한다는 거죠. 우리 사랑을 누군가에게 왜 해명을 해야 되나요?"

그 동안 얼마나 많은 고민들을 해왔을지, 난 상상도 못하고 있었다. 여자들은 연애하다 고민이 생기거나 트러블이 생기면 친구를 찾아 상담한다는데, 그런 호사는 그녀의 것이 아니었다. 혼자서 속앓이 하는 게 얼마나 힘겨운 일인지 난 그녀의 마음을 잘 알지 못했다. 그런 무심한 나에게 그녀는 언젠가부터 서운한 마음이 들었던 모양이다.

"난 자기 한 사람 덕분에 행복해도, 속상해도, 고민이 생겨도 털어 놓을 사람이 자기 한 사람 밖에 없어. 그러니까 자기는 내 말 잘 들어줘야 해."

난 왜 그녀의 말을 가만히 들어주는 것조차 못 했을까. 그녀가 원하는 건 단지 자신의 말에 귀기울여주고 공감해 주는 것뿐인데. 나는 다시 한 번, 그녀의 마음까지 헤아려주는 좋은 남자 친구가 되리라 결심했다.

여섯

●

you make me want to be
a better man

내가 지금껏 들어본 가장 멋진 사랑 고백은 잭 니
콜슨과 헬렌 헌트 주연의 영화 〈이보다 더 좋을 순
없다(As good as it Gets)〉에 나온다. 작가 멜빈(잭
니컬슨)은 강박증 증세가 있는 로맨스 소설 작가다.
뒤틀리고 냉소적인 성격인 멜빈은 다른 사람들의
삶을 경멸하며, 신랄하고 비열한 독설로 그들을 비
꼰다. 그의 강박증 역시 유별나다. 길을 걸을 땐 보

도블럭의 틈을 밟지 않고, 사람들과 부딪히지 않으려고 뒤뚱뒤뚱 걷는다. 식당에 가면 언제나 똑같은 테이블에 앉고, 가지고 온 플라스틱 나이프와 포크로 식사를 한다. 이러한 신경질적인 성격 탓에 모두들 그를 꺼린다. 그런 그의 삶에 단골 식당의 웨이트리스 캐럴(헬렌 헌트)이 들어온다. 세상에 마음을 닫고 주변 사람들을 괴롭히기까지 하던 멜빈은 캐럴로 인해 타인에게 마음을 열고, 다가가 대화를 나누고, 어려운 사람을 이해하며 도와주는 노력을 기울이는 변화를 겪는다. 과거와는 다른 사람이 되어가는 것이다. 자신의 변화를 인지한 멜빈은 스스로도 뿌듯하고 기쁘고, 이 모든 변화가 캐럴 때문이라는 것을 깨닫게 된다. 어느 날 멜빈은 캐럴에게 사랑을 고백한다.

"you make me want to be a better man."
"당신은 나를 더 좋은 사람이 되고 싶게 합니다."

나는 사랑하는 당신을 위해 더 나은 사람이 되고 싶다는 바람을 가지게 되었다는 고백. 이런 사랑 고백을 할 대상이 있다는 것도, 누군가 때문에 이런 소망을 가지게 된다는 것도 정말 멋진 일이라는 생각이 든다. 그리고 나에게도 이런 '멋진 일'이 일어났다.

세상 그 누구에게도 말할 수 없는 '비밀 연애'를 하고 있는 여자 친구. 혼자서만 속앓이 해야 하는 그녀를 위해 난 뭐든지 해주고 싶었다. 그래서 그녀를 위한 일이라면 최선을 다했다. 많은 시간 대화를 나누려고 노력했고, 동종업계 선배로서 일도 가르쳐 주려고 물심양면으로 노력했다. 하지만 잘하고 있다는 건 나만의 착각이었다. 그녀에게서 불만이 터져 나왔다.

"나이 많다고, 사적인 것까지 가르치려고 들지 좀 마요."

잘 되라고 도와주고 있는데, 가르치려 든다고? 난
그녀의 말이 이해가 안 됐다.

"알려주는 거잖아. 이렇게 해봐. 그게 너한테 좋아."

하지만 그녀는 한숨을 내쉬며, 항변했다.

"불이익이 와도 내가 감내할 테니까, 자기의 방식을
나한테 강요하지 말라구요."

어느새 내가 여자 친구에게 잔소리꾼이 돼 있다
는 걸 난 깨닫지 못하고 있었다. 인턴 과정을 마치고
정식 기자로 입사한 그녀에게는 직속 사수인 선배
가 있었다. 하지만 난 그녀가 일을 잘 하고 있는지,
무슨 일은 없는지 일일이 알아야만 직성이 풀렸다.
그래서 그녀의 모든 기사를 먼저 봤다. 그리고 누굴
인터뷰 한다고 하면 '자료는 잘 준비했니?' '뭘 물어

볼 거니?' '이건 꼭 질문에 넣어야 한다.' 'OO신문사 OOO기자 놈은 조심해라.' 등등 나도 모르게 끝없는 참견과 잔소리를 하고 있었다. 첫 마디는 꼭 '내가 해봐서 아는데.'였다. 나도 모르는 사이, 꼰대가 돼 있었다.

꼰대는 기성세대나 선생, 늙은이를 칭하는 은어다. 여자 친구에게 내가 바로 그 꼰대질을 하고 있었던 것이다. 최근 유행하는 꼰대 자가테스트를 해보면 당시의 나는 10점이 넘어가는 중증 꼰대였지만, 정작 나만 모르고 있었던 것이다. 변명일 수도 있지만, 그때의 나의 행동은 모두 그녀를 위해서였다. 언젠간 내 곁을 떠나, 다른 곳에서 일하게 되더라도 잘한다는 소릴 들을 수 있도록 물심양면으로 돕고 싶었다. 기자가 꿈이었던 그녀가 내가 운영하는 작은 인터넷 신문사에 안주하는 걸 바라지 않았다. 언젠가는 대형 언론사로 가서 큰 꿈을 펼칠 수 있기를 바랐다. 그러기 위해선 단단해져야 한다고 생각했다. 그 방법이 잘못 됐다는 걸 그때는 알지 못했다.

부끄러운 얘기지만, 사회 곳곳에서 터져 나오는 미투나, 갑질 논란을 앞장서 보도하는 기자들의 세계야 말로 당장 버려야할 구태가 팽배한 곳이다. 신입가자가 들어오면 선배들은 가장 먼저 경찰서부터 뺑뺑이를 돌리고, 대면식이라는 이름으로 신고식을 치르게 하고, 폭탄주를 30잔씩 말아 먹이는 문화가 예전만큼은 아니지만 여전히 남아 있다. 특히나 까탈스러운 직속 선배에게 무조건 복종해야 하는 선배 갑질은 큰 스트레스 중 하나다. 문제는 나 또한 그 분위기에 젖어 있어 뭐가 문제인지도 모르고 살았다는 거다.

부드러운 말투로 가장하고 있었지만, 난 은연중에 그녀를 나보다 한참 어리고, 내 말엔 무조건 따라야 하는 까마득한 후배로 대하고 있었던 것이다. 그래서 그녀는 내가 자신을 가르치려든다고 생각했던 것이다. 여자 친구가 지적하기 전까지, 나에게도 그런 습성들이 배어 있다는 걸 깨닫지 못했었다. 워낙 자연스럽고 익숙해 있었으니까.

그때의 나는 전형적인 '구식 남자'였다. 내 성장기 또한 한몫 했던 것 같다. 우리 집은 엄격한 가부장적 규칙대로 움직였다. 아버지는 말이 없었고, 어머니는 남편과 아들 셋 뒷바라지만 하며 평생을 살았다. 남자가 오죽 못났으면 마누라한테 돈을 벌어오게 하느냐고 믿는 남편 덕분에 어머니의 바깥 활동은 꿈도 못 꿨다. 집안에서 아버지는 하늘, 그 다음은 장남인 나였다.

동생들에게 나는 폭군처럼 군림했다. 동생들은 나에게 현관에 서서 90도로 인사를 했다. 한번은 이런 일도 있었다. 학창시절 새벽같이 등교를 하는데, 동생들은 자고 있는 게 아닌가. 그게 어찌나 분했던지 난 자고 있는 두 동생들을 패주기도 했다. 동생들은 김치만 먹고, 나에겐 계란말이가 주어지고, 동생들은 고무신을 신을 때, 난 구두를 신을 수 있었다. 심부름 같은 건 언제나 동생들 몫이었다. 장남 특권으로 손가락 하나 까딱하지 않고 성장했다. 동생들에겐 내 말이 곧 법이었다.

그런데 그녀와 연애를 하면서 문제점들이 드러났다. 나는 도통 소통하는 법을 모르는 남자였다. 그래도 가족 안에서는 별 문제가 없었다. 내가 소통을 하지 않고 내 뜻대로 일을 밀어붙일 때, 부모님, 특히 엄마, 그리고 동생들이 내 기분을 살피고 알아서 나한테 맞춰줬기 때문이다. 나는 소통이 부족했음에도 그로 인한 불이익을 받지 않았고, 부모님에게 사랑받기 위해 애써 심부름이나 애정표현을 하지 않아도 됐었다.

당시의 나의 대화법은 이런 식이었다. '내가 신입일 땐 말이야~'로 말문을 열고, 무용담 같은 경험들을 쏟아냈다. 이제 와서 생각해 보면, 전형적인 '꼰대식 화법'이었다. 꼰대 화법에서 벗어나 타인과 제대로 된 소통을 하는 것, 그게 내 앞에 놓인 과제였다.

더 힘든 건, 내가 꼰대라는 걸 인정하는 것이었다. 누구도 꼰대가 되고 싶지 않다. 역설적이게도 꼰대가 되지 않으려면 내가 꼰대라는 사실을 인정해야 한다. 내로남불(내가 하면 로맨스, 남이 하면 불륜)이라는 말이 있다. 남이 하면 꼰대질이지만 내가 하면 꼰대질이 아니라 애정이고 충고라는 생각을 버려야 한다. 자신보다 약하다거나 어리다는 마음이 내재돼 있는 상대와 말을 섞는다면 더욱 조심해야 한다. 아무리 좋은 의도라도 상대가 꼰대질로 느끼면 꼰대질 밖에 되질 않으니까.

그녀에게 지적과 팩폭을 당하면서, 내 주장만 하는 나의 모습을 발견할 수 있었다. 인정하기 싫었고, 인정하기까지 시간이 걸렸지만, 내가 '내 말만 옳다고 우기는 꼰대'라는 사실을 인정하게 됐다. 틀림이 아니라 다르다는 걸 인정하고, 틀린 건 빨리 수긍하고 받아들여야 한다. 그리고 옳고 그름을 판단해 주는 게 아니라, 가만히 그녀의 목소리에 귀 기울여야 한다는 걸 마음에 새기며 실천해야 한다.

또 하나 벗어나야 할 것은 '허벌출남'이다. '허벌

출남'은 그녀가 나에게 붙여준 별명이다. 허둥대고, 벌떡벌떡 화를 잘 내고, 출랑거린다는 뜻이다. 이 별명을 처음 들었을 때, 그녀가 내 성격을 완전히 꿰뚫고 있다는 생각이 들어 깜짝 놀랐다. 역시 그녀는 예리하다. 앞에서도 몇 번 애길 했지만, 난 진중, 차분 이런 단어와는 거리가 먼 사람이다.

지금은 진상과 컴플레인의 차이를 잘 구분할 수 있게 되었지만, 과거에는 아슬아슬하게 경계를 오갔었다. 식당에서의 단골 대사는 직원 교육 어떻게 시킨 겁니까. 이유인 즉, 우리가 먼저 시켰는데 옆자리 음식이 먼저 나왔거나, 엉뚱한 메뉴를 가져다줬거나 한 경우다. 난 그냥 넘어가지 않았다. 항의할 건 해야 한다고 생각했기 때문이다. 보통은 좋은 말투로 컴플레인을 하지만, 목소리가 높아질 때도 있었다. 그녀는 달랐다. 굳이 남들의 눈총을 사가며 기분 망치고 싶지 않다고 했다. 그러면서 별거 아닌 일에 화내지 말라고, 그 종업원이 일부러 그랬겠냐고. 그리고 자기가 종업원이면 기분이 좋겠냐고.

한번은 이런 일도 있었다. 함께 대만여행을 갔는데, 물론 빚 청산 후에 떠난 여행이다, 내가 허둥대느라 여권이 든 배낭을 잃어버린 일이 있었다. 호텔에서 운영하는 공항셔틀 버스에 두고 내린 것인데 나는 손님 물건이 있는지 확인 안 하고 출발해 버린 호텔 측에 항의를 했다. 내 모습에 그녀가 나에게 핀잔을 줬다. 난 화를 참지 못 하고, 왜 나한테만 뭐라고 하냐며 호텔에 그녀 혼자 두고 밖으로 나와 버렸다. 다행히 셔틀버스가 공항에 갔다가 돌아오는 길에 배낭은 다시 찾을 수 있었다.

나 혼자 밖으로 돌아다니다 한참 후에 호텔로 돌

아와서는 그녀에게 사과를 했다. 당황하고 흥분된 상태라 나도 모르게 큰소리를 냈다고. 그녀는 내 사과를 그 자리에서 받아줬다. 잘못했다고 인정하면, 아내는 사과를 잘 받아줬다. 그러더니, 그녀 입장에서 기분이 나빴던 것 하나하나를 나에게 설명했다. 우리가 묵을 숙소에 있는 사람하고 왜 얼굴을 붉혀야 하느냐. 차분히 기다리면 해결됐을 일인데 왜 흥분부터 해서 여행 온 기분을 망쳐 놓느냐.

처음에는 '미안하니까 그만해.' 이렇게 말했었던 나. 나중에는 '내가 차분하지 못하고, 화부터 내서, 자기 기분까지 망치게 해서 미안해.' 이런 식으로 사과하는 방식도 바뀌게 되었다. 그녀가 지어준 '허벌 촐남'이라는 별명에는 당황스러운 순간에 침착하지 못하다고, 나이 값 못한다고, 의연하게 대처하는 사람이었으면 좋겠다는 의미가 담겨 있었음을 차차 깨닫게 되었다.

그리고 2019년. 나는 한국 나이로 '반백살'이 되었다. 세상의 유혹에 넘어가지 않는다는 불혹(不惑)도 지났고, 입시, 취업, 결혼 등의 과업을 이겨내며, 하늘의 뜻을 알게 된다는 지천명(知天命)에 이르게 된 것이다. 내가 언제 이렇게 나일 먹었지? 반백살의 나이가 아찔하게 다가올 때도 있지만, 왜 50살을 지천명이라 부르는지 그 이유를 조금은 알 것도 같다. 조바심 나서 성급하게 화낸다고 달라지는 건 없더라. 이제는 기다려주고, 다른 사람 입장에서 세상을 보려는 포용력이 조금은 생긴 것 같다. 그녀가 나에게 준 또 다른 선물이기도 하다. 고맙다.

일곱

●

당신과 함께라면

〈라라랜드〉〈비긴 어게인〉에 비하면 인지도에서 밀리지만, 개인적으로 음악영화 중 최고의 걸작이라 꼽는 작품은 〈위플래쉬〉다. 위플래쉬란 영화 속에서 밴드가 연주하는 재즈곡의 제목이다. 중간 부분 드럼 파트의 더블 타임 스윙 주법으로 완성된 질주하는 독주 부분이 일품으로 꼽힌다. 단어의 원 뜻은 채찍질이다.

최고의 드러머가 되기 위해서라면 무엇이든 할 각오가 되어 있는 음악대학 신입생 앤드류는 우연한 기회로 누구든지 성공으로 이끄는 최고의 실력자이지만, 또한 동시에 최악의 폭군인 플렛처 교수에게 발탁되어 그의 밴드에 들어가게 된다. 폭언과 학대 속에 좌절과 성취를 동시에 안겨주는 플렛처의 지독한 교육방식은 천재가 되길 갈망하는 앤드류의 집착을 끌어내며 그를 점점 광기로 몰아넣으면서 벌어지는 사건을 담고 있다.

극중에서 남자 주인공 앤드루는 니콜이란 여자와 사랑에 빠진다. 용기를 내어 고백을 하고, 둘은 사귀기 시작하지만, 얼마 지나지 않아 헤어지자고 통보한다.

"난 위대해지고 싶어. 그러려면 시간이 더 필요할 거고. 우린 사귀면 안 될 것 같아."

최고의 드럼 연주자가 되기 위해 드럼 연습에 매진해야 했고, 연애에 시간을 쓰는 것이 자신의 목표를 이루는 데 방해가 된다 생각했기 때문이다. 심리학자들은 이 같은 상황을 성장욕구와 자기 확장성의 욕구로 설명한다. 연인 관계가 한 사람의 성장 욕구로 인해 깨진 거라고. 성장 욕구의 충족은 관계의 지속 여부를 결정짓는 중요한 요인인데, 사람은 자기 자신에 무언가 새로운 것을 더하고 자신을 확장하며 성장하고 싶은 근원적인 욕구, 자기 확장의 욕구(Self-expansion)를 가지고 있다고 한다. 미국의 한 교수가 '자기 확장'에 관한 설문조사를 실시했는데, 주된 질문은

- 배우자(애인)와 함께 하면서 새로운 것을 배우게 되는 일이 얼마나 자주 있는가?
- 배우자(애인)와 함께 살면서 당신이 얼마나 더 나은 사람이 되었는가?

그 결과, 사람들은 배우자를 통해 자기 확장을 더 많이 경험할수록 관계에 더 헌신적이고 만족한다는 결론이 나왔다고 한다. 만약 당신이 자기 성장을 추구하고 있고, 당신의 배우자에 의해 그것을 이룬다면 이 과정에서 당신의 배우자는 매우 중요한 위치를 차지하게 된다. 그리고 배우자의 자기 확장을 도울 수 있다면, 그것은 자신에게도 매우 즐거운 일이 된다. 자기 확장을 경험하는 부부일수록 결혼 생활이 더 오랫동안 그리고 행복하게 지속된다. 이것은 연인관계에서도 마찬가지라고 했다. 자기 확장이라는 개념이 본질적으로 자기의 이익을 우선시하는 것처럼 들리지만, 자기 확장의 경험이 오히려 더욱 강하고 오래가는 관계로 이끌어주는 것이다.

새로운 경험을 함께 나누고 서로가 더 나은 사람이 될 수 있도록 돕는 관계. 나도 그녀와 이런 연인

관계, 나아가서는 이런 부부가 되고 싶었다. 그녀를 만나기 전까지 사랑과 자기 성장이라는 딜레마는 언제나 나에게 결코 동시에 이룰 수 없는 동전의 양면과도 같았다. 거대한 꿈을 위해 살았던 건 아니었지만, 내가 선택했던 쪽은 언제나 '자기 성장'이었다. 이제는 사랑하는 동시에 각자의 발전을 이뤄내는 것이라는 걸 알게 됐다.

두말할 필요 없이 그녀는 날 성장시켜주는 사람이다. 차분히 계획을 세우기보다는 저질러 버리는 성격이었던 나는 그녀를 만난 이후, 차분히 앞날을 준비했다. 그녀에게 약속한 1년 후 내 회사의 사업권을 들고 국내 유명 IT 업체에 부서를 만들어 임원으로 입사했다. 많은 급여 덕분에 경제적으로 안정되면서, 가장 먼저 친구들부터 찾아갔다.

경제적으로 나락에 빠져있을 때, 난 친구들 모임의 총무였다. 회비로 모아둔 수백만 원 그리고 친구들 개개인한테 몇 백만 원 씩 빌렸었다. 그런데 빚더미에 올라앉은 후에 비겁하게도 잠수를 탔었다. 금방 해결해야지 했는데, 무려 10년 동안이나 친구들 앞에 나설 수가 없었다. 경제적인 수입이 생기면서 10년 만에 친구들에게 먼저 연락을 했다. 순식간에 다 모였다. 그리곤 어제 만난 것처럼 얘기하고, 실없는 농담을 하며 술을 마셨다. 먼저 돈 얘기 꺼내는 친구는 단 한 명도 없었다. 내가 먼저 미안하다고 돈을 갚겠노라고 얘길 꺼냈더니, 친구들은 하나같이 10년 지났으니 공소시효 만료됐다고 입을 모았다. 고마웠다. 그날 난 정말 많이 울었다.

다음날부터 친구들을 개별적으로 찾아가 빚을 갚았다. 이자는 못 준다고 원금만 그 자리에서 현찰로

건네줬다. 어떤 친구는 와이프 몰래 준 돈인데, 괜히 수중에 돈 있는 거 들켰다간 오히려 궁지에 몰린다고 갚지 말라고 했다. 또 다른 친구는 처음부터 받을 생각 없이 그냥 준 돈이라면서 손을 저었다. 어떤 친구는 돈 준 기억이 없다며 손사래를 쳤다. 눈물이 났다. 마음 터놓을 친한 친구가 예전과 다름없이 나를 대해준 고마움이 더 컸다. 그 이후, 1년 안에 다른 빚도 청산을 할 수 있었다. 여자 친구와의 약속을 지켜낸 것이다. 만약 그녀를 만나지 않았더라면, 그녀가 날 믿어주질 않았다면 불가능한 일이었을 것이다. 그녀를 실망시키고 싶지 않다는 마음이, 쉬지 않고 뛸 수 있게 만들어 준 원동력이 되었다.

나도 그녀의 성장을 도와주는 사람이 되고 싶었다. 동종업계 선배로 그녀의 일을 도왔고, 그녀는 어느새 대형 유명 신문사에 자신의 이름을 건 칼럼을 기고할 만큼 성장해 나갔다. 빚도 갚고 안정적인 소득이 생기면서, 우리는 컵라면 대신 파스타를 먹기 시작했고. 여행을 다닐 수 있게 됐다.

보란 듯이 성공한 모습을 보여주고 싶었다. 성공의 기준이 나라마다 사람마다 다르겠지만 난 그저 남들처럼 해외여행도 같이 가고 싶고, 더 좋은 음식도 사주고 싶었다. 하지만 사업권을 들고 들어간 그 회사에서는 날 오래 기다려 주질 않았다. 당시 경영자는 빨리 성과를 내놓으라며 재촉했다. 시작한 지 얼마나 됐다고……. 야속했다. 지금은 이해한다. 경영자의 위치에서 매출에 신경이 곤두서 있을 수밖에 없다는 것을. 당시에 겪었던 스트레스와 압박은 내가 감당할 수 있는 수준을 넘어선 것이었다. 월급은 괜히 많이 주는 게 아니란 걸 알게 되었다.

매일 야근을 하고 거의 모든 주말에도 일거리를 싸들고 집에 갔다. 사실 2년가량 내가 벌인 일들은 실패뿐이었다. 누구나 부러워할 만큼 많은 월급을 받고 있었지만, 회사에 기여한 일이 없으니 출근해 앉아 있기가 가시방석이었다. 급기야 연봉까지 깎이는 지경에 이르렀다. 알아서 내 발로 나가야 하는 분위기가 되었지만, 난 애써 모른 척하고 버텼다. 받고 있는 월급이 간절했기 때문이었다. 그녀와의 경제적 안정을 위해 더 그랬다. 나이가 많아져서 이제는 다른 곳으로 갈 자신도 없는 상태였다.

2년째 버티고 있던 어느 날, 몸에서 이상 신호가 왔다. 업무 스트레스에 시달리고, 과음에 흡연까지……. 이러다 죽겠다 싶어 운동을 시작했다. 틈나는 대로 걷거나 달렸다. 처음에는 운동을 해서 살이 빠지나 싶었다. 업무 때문에 술자리가 있었는데, 정말 죽을 것 같았다. 속이 뒤틀리고 쓰려고 도저히 자리를 지킬 수 없어서 먼저 일어났다. 집에 돌아가, 일찍 잠자리에 들었는데, 새벽녘에 깼다. 그리곤 본능적으로 응급실로 향했다. 응급실에 들어서자 쓰러졌고, 눈을 떴을 때는 다음날이었다. 내 몸에는 여러 개의 주사바늘이 꽂혀 있었다.

보호자가 있어야 검사가 가능하다고 했지만 부모님이 걱정하실까 차마 부르지 못했다. 친동생을 불렀다. 검사 결과는 스트레스로 인한 천공. 위궤양이 심해진 것이다. 피를 토하고 혈변을 보는 처참한 상태였다. 검사를 마치고 입원한 상태에서 여자 친구에게 병원에 있다는 사실을 알렸다. 그날부터 그녀는 내 곁을 지켰다.

"몸이 망가져 가는 게 느껴지지만…… 이제 겨우 살
만해 졌는데, 난 우리의 미래를 위해 많은 월급을 포
기 못하겠어."
"그게 무슨 소리야. 돈보다 건강이 먼저지, 돈은 나중
에 벌어도 돼. 우선 사표부터 쓰고 그 다음은 나중에
생각해요."

그 당시 난 돈이 절실했지만, 몸은 더 이상 버텨
낼 수 있는 상태가 아니었다. 내 건강부터 걱정해 주
는 그녀가 고마웠고, 다음을 고민해 보자는 그녀의
말이 위로가 됐다. 난 2주 동안 병원 신세를 져야 했
다. 퇴원 후 회사에 사표를 냈다. '죽을힘을 다해' 회
사에 들어갔지만 '죽기 일보 직전'이 돼서 뛰쳐나온
상황이었다. 하지만 두렵지 않았다. 한편으론 결혼
에 대한 확신도 생겼다. 이 여자를 놓치면 평생 후회
하겠다고…….

퇴직금을 받았다. 그 돈으로 그녀와 여행을 갔다. 2014년 8월. 목적지는 프랑스 파리. 오랫동안 계획했던 일을 실행하기 위해서였다. 인생 한 번 뿐인 프러포즈를 위해서였다.

결혼 전 농담 삼아 나눴던 얘기 중 프러포즈가 선택이냐, 필수냐 논란도 있지만, 그녀는 프러포즈를 원했었다. 나도 멋진 프러포즈를 선물해 주고 싶었다. 어떻게 해야 받아줄까. 어떻게 해야 감동을 줄까. 머릿속으로 여러 가지 프러포즈를 그려봤다. 관객이 가득 찬 공연장에서 노래를 부르며 프러포즈를 할까? 문화부 기자다운 프러포즈라 생각해 넌지시 물어봤더니, '난 그런 프러포즈 정말 싫더라. 나라면 무조건 노라고 외칠 거야.' 그래서 곧바로 포기했다, 남산타워 꼭대기에서 해볼까도 고민해 봤었다. 내 나이에 하기엔 너무 비루하다 싶어 포기했다.

고민 끝에 난 파리에서의 프러포즈를 준비했다. 그녀에게는 철저히 비밀에 부치고. 다행히 여행기간 중에 그녀의 생일도 있었다. 프랑스 파리에서 며칠을 보내고, 생일날 아침, 생일 축하한다며 아침에 눈뜨자마자 목걸이를 걸어주었다. 자세히 봐야 보이는, 아주 작은 다이아몬드가 빛나는 목걸이였다. 누군가에게 다이아몬드를 선물하긴 난생 처음이었다. 그녀의 두 눈에는 기쁨의 눈물이 고였다.

그리고 우린 파리 시내를 둘러보기 위해 길을 나섰다. 그날 난 정장차림이었다. '오늘은 너의 생일이니까 격식을 갖추고 싶다.'는 말도 안 되는 핑계를 대면서. 그날의 최종 목적지는 에펠탑이었다. 꼭대기에 올라갔는데 그녀가 파리의 야경에 흠뻑 빠져드는가 싶더니 이내 바람이 너무 불어 춥다며 덜덜 떨기 시작했다. 그녀는 내려가자고 재촉했다. 나는 지체하지 않고 그녀 앞에 무릎을 꿇고 반지를 내밀었다. 추위에 떨던 그녀는 갑자기 얼음이 돼 그대로 서있었다. 나는 사랑의 세레나데를 이어나갔다.

그댈 꿈꿔왔소
나의 마음은 언제나 그댈 알고 있었소

기도로 노래로 볼 순 없어도 마음은 언제나 하나였소

둘시네아 둘시네아
하늘에서 내린 여인 둘시네아

천사의 속삭임 같은 그대 이름
둘시네아 둘시네아 .

그대의 머릿결 손을 뻗어서 탐함을 용서하여 주소서
이것이 꿈인지 정녕 현실인 것인지 알고 싶을 뿐이니

둘시네아 둘시네아
그댈 위해 살아왔네
둘시네아
그댈 만남은 기다림 끝에 영광
둘시네아 둘시네아

뮤지컬 〈맨 오브 라만차〉에서 주인공인 돈키호테가 꿈꿔오던 연인 둘시네아를 위해 부르는 사람의 세레나데다. 물론 둘시네아 대신 그녀의 이름으로 바꿔 불러주는 센스도 잊지 않았다. 노래 부르는 소리에 사람들의 눈이 집중됐지만, 그녀는 또다시 기쁨의 눈물을 흘렸다.

"앞으로도 호강 못시켜 줄 수도 있어.
　나랑 결혼해 줄래?"
"응! 좋아요."

그녀는 울음을 멈추고는 반지를 받아줬다. 그녀는 이날 프러포즈를 받을 거라곤 상상도 못 했었다고 한다. 아침에 목걸이 선물을 받아서 더 그랬다고. (나중에 우리의 결혼식에서 뮤지컬 배우 정성화 씨가 이 노래를 축가로 불러주었다.) 벅찬 마음을 오래 느끼고 싶었던 우리는 에펠탑에서 호텔까지 걸어갔다. 그리고 두 손을 꼭 잡으며 1년 안에 결혼식을 올리자 약속했다.

"사람 많은 데서 프러포즈하면 노라고 한다더니 아까
　울다가도 반지 받더라."
"아까 무릎을 제대로 안 꿇더라.
　그럼 무효인거 알지?"
"나 같은 남자가 흔한 줄 알아?"
"입으로 절반 깎아 먹네요."

근사하고 로맨틱한 프러포즈로 그녀에게 확신을, 행복한 결혼에 대한 비전을 보여주고 싶었다. 함께 잘해보자는 격려, 정말 잘 해볼 수 있을 것 같다는 그런 확신. 우리에겐 앞으로 헤쳐 나가야 할 힘든 고비들이 많이 남아 있었지만, 그날만큼은 마냥 행복했다.

2부 비혼 탈출 레시피

하나

●

때로는 무모해도 좋다

당신이 지금 사랑하는 누군가가 있고, 결혼할 마음의 준비가 되어 있다면, 이제부터는 실전이다. 나이 차가 많은 커플이거나, 직업이나 환경의 차이 등등 부모님이나 가족 및 주변인들이 결혼을 반대할 만한 핸디캡을 갖고 있는 경우라면 더욱 집중해서 보아도 좋다.

영화 〈테이큰〉은 2008년에 개봉한 액션 스릴러다. 개봉 당시에도 많은 인기를 끌었고, 이 영화와 더불어 주인공인 리암니슨도 큰 인기를 얻었다. 흥행에 성공하면서 3탄까지 시리즈를 선보이기도 했다.

리암니슨이 맡은 역할은 전직 경호원으로 이혼한 아내와 딸이 하나 있다. 너무 과하게 딸을 걱정하지 않나 하는 생각이 들 정도로 딸 바보 연기를 펼친다. 그리고 납치된 딸을 위해서 목숨 내놓고 적을 제압하고, 딸에 대한 단서를 알고 있는 놈들에게는 모진 고문까지 불사한다. 봉준호의 영화 〈마더〉 속 모성을 능가하는, 절절한 부성을 보여준다.

파리로 여행을 떠난 딸 킴(매기 그레이스 분)이 아버지 브라이언(리암니슨 분)과 통화를 하던 중 납치당한다. 아무런 이유도 단서도 없다. 킴의 부서진 휴대전화에서 피터의 사진을 발견한 브라이언은 그를 미행하지만 결정적인 단서를 얻으려던 순간 피터는 죽고 만다. 유력한 조직원의 옷에 몰래 도청장치를 숨겨 넣는데 성공한 브라이언은 조직의 또 다른 근거지에 납치당한 여성들이 갇혀 있음을 알게 된다. 킴이 입고 있던 재킷을 가진 여자를 차에 태우고 거침없이 달리는 브라이언의 뒤를 수십 대의 차들이 뒤쫓고, 목숨을 건 추격전이 벌어진다. 킴이 납치당하던 순간 휴대전화를 향해 소리쳤던 외모를 그대로 지닌 그 놈. 브라이언은 특수 요원 시절 익힌 잔혹한 기술을 동원해 결정적 단서를 얻고, 사투 끝에 마침내 딸을 구해낸다.

줄거리를 한 줄로 요약하자면, 딸 바보 아빠의 목숨을 건 추격전 정도가 되지 않을까? 영화 속에서는 딸 바보 아빠의 심정이 고스란히 드러나는 대사가 등장한다.

I don't know who you are.

(나는 네가 누군지 모른다.)

I don't know what you want.

(네가 뭘 원하는지도 모른다.)

If you're looking for ransom, I can tell you I don't have money.

(몸값을 원한다면, 돈은 없다는 말밖에 해줄 수 없다.)

But what I do have are a very particular set of skills.

(다만, 남다른 재주는 있지.)

Skills I've acquired over a very long career.

(밥벌이하려고 해온 짓이 그런 거라.)

Skills that make me a nightmare for people like you.

(너 같은 놈에겐 악몽 같은 재주지.)

If you let my daughter go now, that'll be the end of it.

(지금 딸을 놔준다면 여기서 끝내겠다.)

I will not look for you. I will not pursue you.

(너희를 찾지 않을 것이다.)

But if you don't,

(허나 그러지 않겠다면)

I will look for you.

(너희를 찾을 것이다.)

I will find you…

(찾아내서)

and I will kill you!

(죽여 버릴 것이다!)

나도 딸 가진 아빠가 되어 보니, 영화 속 리암니슨의 심정이 백퍼 이해가 됐다. 딸은 미소와 애교 한방으로 세상살이 팍팍함을 잊게 해 주는 존재이자 '난 아빠니까 늙어서도 병 들어서도 안 되고, 돈도 많이 벌어야 한다.'는 아빠라는 이름의 무게를 알게 해주는 존재이다.

만약 당신에게도 기꺼이 목숨 내어 줄 수 있는 사랑스러운 딸이 있다면? 그 딸이 20대의 어린 나이에, 열여덟 살이나 나이 많은 남자와 결혼하겠다고 한다면? 어떤 반응을 보일까? 그 결혼을 허락해 줄 수 있겠는가? 내 주변에서는 '남자가 재벌이라면 가능하다.'는 답이 제일 많았다. 나는 재벌도 아니었고, 가능성 말고는 내세울 것이 없는 상태였다. 당시의 난, 딸 가진 아빠가 아니었지만, 반대를 예상하는 수준 정도의 양심은 있었다. 그래서 결혼 허락을 받으러 가는 일 자체가 두려웠다.

당시 나는 보잘것없는 신세였다. 국내 유명 IT 기업에서 2년 동안 근무하며 받은 고액의 연봉은 빚을 갚는 데 다 쓰였고, 퇴직금도 프러포즈를 위한 파리 여행을 위해 모두 소진한 상태였다. 1년 안에 결혼식을 올리자는 그녀와의 약속을 지키기 위해 다시 인터넷 신문사를 만들었다. 있는 돈 없는 돈을 끌어모아 사무실을 꾸렸으나, 회사만 있지 빈털터리 상태였다. 6개월 안에 수익을 만드는 회사로 키워보자는 생각이었다.

간절하면 통한다고 했던가. 운 좋게도 얼마 뒤, 광고대행사에서 일하는 지인으로부터 국내 대형 신문사에서 파트너사를 구한다는 정보를 입수할 수 있었다. 나에게는 절호의 기회였다. 인터넷 신문의 비

중이 점점 더 높아지고 있었고, 동영상 콘텐츠 서비스의 중요성이 점점 커지고 있는 시점이었다. 수익을 내는 것과는 거리가 멀었지만, 그 동안 연극 뮤지컬 등 공연전문 신문사를 운영하면서 쌓인 콘텐츠들이 나에게는 유일한 경쟁력이었다. 연극 뮤지컬 관련 동영상 콘텐츠만 놓고 보면, 국내 최다 보유업체로 커가고 있었다. 나의 노력이 뒤늦게나마 빛을 볼 수 있다는 기대와 희망이 생긴 것이다.

다행히 그 대형 신문사에서도 나의 제안에 관심을 보였다. 협상이 시작됐다. '계약을 못 따내면 어쩌지.' 하는 걱정에 속으론 잔뜩 움츠려 있었다. 겉으론 의연함을 유지했지만 속은 타 들어가고 있었다. 있어 보이게(?) 하는 전략으로 포장했다. 협상 미팅하는 날은 외제차를 빌려 끌고 갔고, 내 제안을 수락하지 않으면, 다른 대형 신문사와 계약하겠다는 말도 서슴지 않았다. 훗날 알게 된 사실이지만 당시 그 대형신문사 대표이사는 내가 운영하는 신문에 매우 관심이 많았고, 당시 그 신문사의 사업본부장이 적극적으로 구애해서 파트너 계열사로 성사된 것이라고 했다. 비즈니스도 연애와 같은 점이 많은 것 같다. 어쨌든 빈털터리에게 누가 기회를 주겠는가? 있어 보이는 사람들에게 돈을 내어주는 건 투자의 기본 법칙이다.

'계약 안 하면 니들만 손해다.'라는 자존심을 앞세운 나의 작전은 정말로 통했다. 작전도 작전이지만, 내가 가진 콘텐츠의 가치를 알아봐 준 것이다. 창업 4개월 만에 계약이 성사되었다. 절차는 2개월 정도 소요되었고, 정식으로 계약서에 도장을 찍으면서, 나는 국내 유명 대형 신문사의 파트너사이자, 계열사의 대표가 되었다. 나는 대표로, 여자 친구인 그녀는 편집장으로 위상이 격상된 나의 회사에서 계속 함께 일할 수 있게 되었다.

　내가 당시 그 계약에 매달렸던 이유 중 절반은 당장 결혼을 허락받기 위해 돈과 직장이 필요했기 때문이었고, 절반은 여자 친구를 위해서였다. 편집장이라는 직책이, 그리고 작은 회사보다는 큰 신문사에서의 경험이 그녀의 경력에 도움이 되었기 때문이다. 만에 하나, 주변의 반대로 헤어지게 되더라도, 그녀가 다른 신문사로 이직을 하게 되더라도, 그녀가 더 좋은 조건으로 대우를 받으며 일할 수 있도록 길을 열어주고 싶었다. 그리고 그 목표는 성공적이었다. 그 대형 신문사에서 그녀의 이름을 건, 칼럼을 쓰게 되었다. 물론 그녀의 실력은 이미 과거에 대형 신문사에서 공연칼럼을 기고하고, 정부에서 운영하는 간행물에도 칼럼과 인터뷰 등을 기고한 이력이 바탕에 있어서 가능한 일이기도 했다.

　창업과 계열사 계약 등등의 치열한 시간을 지나오느라, 시간은 훌쩍 지나갔다. 약속했던 1년이란 시간은 이제 5개월 밖에 남지 않은 상태였다. 부모님이 허락을 해줄지도 모르는 상황. 일단 허락을 받아야겠지만, 혹시나 반대를 하시더라도 우리는 결혼을 강행하기로 했다. 아주 잠깐, 허락을 받아내는 꼼수를 생각해 보기도 했었다. 바로 혼전임신. 혼전임신으로 손주를 빨리 안겨 드리는 방법도 있었지만, 우리는 그렇게까지는 하지 말자고 뜻을 모았다. 일단은 임신으로 결혼하는 것처럼 보이는 건 싫었다. 아마도 혼전임신의 가장 큰 불편함은 임신이 결혼을 결정하는 수가 많아진다는 것이 아닐까 싶다. 그 이유가 사랑이든, 물질이든 간에 결혼은 행복하기 위한 결합이다. 그런 결혼이 혼전임신을 만나면 행복을 위한 결합이 아니라 출산과 육아를 위한 결합이 되어버린다. 결혼이라는 결합 형태를 절대적이지 않은 것으로 치더라도 결합을 통한 임신이 아니라 임신을 통한 결합이라는 것에는 변함이 없다. 지극히 개인적인 나의 생각이지만.

공식적이든 비공식적이든 결혼을 약속했거나 한다면 그래도 좀 낫다. 하지만 두 사람의 관계에 대한 구체적인 계획도 없는 상태에서 임신을 하고 그 상황에 떠밀려서 결혼을 한다면, 좀 못되게 얘기해서 그것은 두 사람이 원해서 한 결혼이 아닐 수 있기 때문이다. 그저 문제를 해결하기 위한 방법으로 결혼을 택한 것에 지나지 않을 수도 있다.

결혼은 계획하고 준비하는 과정이 매우 중요하다는 것은 누구나 안다. 결혼을 하기 위한 빌미가 된

임신은 불러오는 배 덕분에 그런 과정이 성급하게 이루어질 수밖에 없다. 결혼 준비를 한다는 것은 집을 구하고 가구와 그릇을 장만하는 것만이 아니다. 정말 이 사람과 행복하게 살 수 있을까란 고민, 그 고민에 대한 결정과 선택을 스스로 하고 뜻을 확고히 하는 것이 결혼 준비의 가장 큰 일이다. 혼전임신은 준비되지 않은 결혼을 부추긴다. 준비되지 않은 결혼이 준비된 결혼보다 나을 리 있을까?

일단 결혼식을 저지르기로 했다. 남들은 결혼식 날짜를 미리 받아 놓고 식장을 잡는다는데 우리는 식장부터 정했다. 그리곤 예식이 가능한 날 중에서, 9월의 어느 날로 날짜를 정했다. 장소는 7년 연애기간 동안 멀찌감치 바라만 보아왔던 세빛둥둥섬 플로팅 아일랜드로 정했다. 대관료가 부담됐지만, 우리는 꼭 그곳에서 결혼식을 올리고 싶었다. 7년이라는 연애기간 동안 수없이 한강 고수부지를 걸었고, 컵라면을 먹던 추억 넘친 특별한 장소였기 때문이다.

교회도 더 열심히 다녔다. 기독교 모태신앙인 그녀는 종교가 같은 남성과 결혼하고 싶었는데, 난 이미 기독교에 입문한지 5~6년 되었고 세례도 받았지만 그다지 열심히 교회에 출석하지는 않고 있었다. 나에게 종교는 중요한 부분이 아니었지만, 아내에게는 타협할 수 없는 부분이었기 때문에 기왕이면 난 더 열심히 교회에 다니기로 마음먹었다. 신앙심이라는 것이 하루아침에 생기는 건 아니지만, 난 순순히 교회에 나가고 성경공부를 했다. 솔직히 나에겐 선택의 여지가 없었던 탓도 있다. 가뜩이나 많은 나이 차라는 핸디캡을 안고 있는데, 종교문제까지 더해지면 생각만 해도 눈앞이 캄캄했다. 종교는 내 나름의 큰 문턱을 넘는 일이었다.

예전에 비해 종교의 영향력이 많이 줄어들기는 했지만, 결혼에서만큼은 여전히 종교가 중요한 이슈다. 종교가 다른 상대와 결혼을 앞두고 있다면, 종교의 문제에 대한 충분한 고민이 필요하다. 주변에서 부부, 혹은 고부간에 종교가 달라 갈등을 겪는 경우를 종종 본다. 배우자를 선택할 때 외모, 직업, 학벌 등을 따지는데, 종교적 부분도 간과해서는 안 되는 중요한 요소 중 하나다. 종교는 개인의 정서와 성격, 생활방식에 많은 영향을 미치기 때문이다. 부부의 종교관은 단지 부부 사이의 문제로 끝나는 것이 아니라 부부와 부모의 관계 형성에도 영향을 미친다. 다른 종교 때문에 생기는 갈등은 고부갈등, 형제 간 갈등, 친척 간 갈등으로 빠르게 확산될 수도 있다.

가족 간 종교 갈등은 관혼상제례를 치르면서 증폭된다. 예를 들어, 믿는 종교에 따라 제사를 받아들이는 태도가 판이하다. 유교와 불교는 전통적으로 제사를 지낸다. 천주교는 제사를 관습과 문화로 규정해 신앙적 차원이 아닌 개인의 선택에 맡겨 유연하게 받아들인다. 반면 기독교에서는 우상숭배 등 교리적 이유로 거부한다. 장례식도 마찬가지다. 고인의 영전에 절하고 따뜻한 국 한 그릇, 밥 한 그릇 올리려는 한국적 정서와 종교적 신념을 놓고 일가 친척 사이에서 다툼이 벌어져 눈살을 찌푸리게 하는 경우도 있다.

실제로 친구에게 벌어진 일이다. 장손이었던 친구는 1년에 6차례 돌아오는 제사와 명절 때마다 죽을 맛이었다. 동생들로부터 형제간의 의를 끊거나 아니면 형수와 헤어지라는 압력을 받았기 때문이다. 문제는 친구의 어머니가 세상을 떠나면서 시작됐다. 맏며느리인 아내가 자신의 종교에 따라 기독교식으로 장례를 지내겠다고 주장한 것이다. 어머니의 시신을 앞에 두고 시작된 격론은 전통식과 기독교식으로 두 번 장례를 지내는 것으로 사태가 수습됐지만, 이는 시작에 불과했다. 몇 달 뒤 아버지의 제삿날, 아내가 제사는 우상숭배라며 제사 지내기를 거부하고 기독교식의 추도예배로 대신하겠다고 밝힌 것이다. 장례문제로 감정이 상해있던 터라 갈등은 심각했다. 동생들은 분노를 삭이지 못해 욕을 퍼부어댔고, 누나와 여동생들도 인신공격을 서슴지 않았다. 그야말로 집안은 난장판이 되었고 결국 그날 이후 아내와 동생들은 완전히 등을 돌려 버렸다. 그 친구는 지금 어떻게 되었냐고? 형제들과 의를 끊고 아내를 따라 교회에 다니고 있다. 물론 심한 경우에 해당되는 사례다.

같은 종교를 가진 사람끼리 결혼한다면 아무 문

제도 안 되겠지만, 인연이라는 게 꼭 마음먹은 대로 되지는 않는다. 종교가 다른 사람과 결혼한다면 어떻게 대처해야 할까? 우리가 그랬던 것처럼, 종교가 다른 커플은 결혼 전 종교문제에 대한 대화와 합의가 꼭 필요하다. 결혼해서 설득하면 되겠지 하는 막연한 낙관은 금물이다. 또한 상대방의 종교를 따르겠다는 약속도 신중해야 한다.

우리의 경우는 다행이었던 건, 나에게 종교가 없었다는 거였다. 내가 가지고 있던 기독교에 대한 편견도 그녀를 만나면서 바뀌었다. 오히려 종교의 순기능이 많다고 생각했다. 그녀는 믿음이 있기에 쉽게 흔들리지 않았고, 스스로 좋은 사람이 되려고 노력하며 사는 사람이었다. 결혼 후에도 제사를 지내지 않아도 된다는 구체적인 약속도 했다. 나는 장남이기 때문에 제사를 지내야 하지만, 아내는 참석은

하되 절하지 않는 것은 종교적인 이유니까 나와 우리 가족이 이해하기로 약속한 것이다. 그리고 결혼 후에도, 우리의 약속은 잘 지켜지고 있다.

부모님 중에 누구에게 먼저 결혼 허락을 구할 것인가? 고민할 필요 없이 정답은 그녀의 아버지였다. 사실 우리가 연애하던 시절, 나는 장인어른과 식사 자리를 몇 차례 가진 적이 있었다. 물론 딸이 다니는 직장의 사장 자격으로 만난 것이었다. 회사로 초대도 하고 회사의 이곳저곳을 구경시켜 드리기도 했다. 그래서인지 별다른 의심의 눈초리 없이 가까워졌다고 생각했기에 그녀의 아버지께 결혼허락을 구하는 게 먼저였다고 판단했던 것이다.

다행히 예비 장인은 별다른 의심이 없으셨다. 나중에 들어보니, 나이 차가 엄청나다 보니, 둘이 사귈 거라곤 생각도 못 하셨다고 한다. 그냥 '딸이 다니는 회사 대표가 참 친절하고, 사려 깊고, 신중하고……. 내 딸이 일을 워낙 잘하니까 그럴 테지.' 이런 생각뿐이셨다고.

평생 교직에 몸담은 예비 장인은 선량하고 인자한 분이셨다. 여자 친구와 내 나이 차보다 예비 장인과 나의 나이 차가 더 적었다. 그러다보니, 마냥 대하기 어렵기만 한 어른으로 느껴지는 게 아니라, 동네에서 만난 큰 형님처럼 얘기가 잘 통했다. 사회나 정치 문제까지 폭넓은 대화가 가능했다. 게다가 장인은 남들의 안타까운 사연을 그냥 듣고 지나치지 못했다. 한마디로 오지랖 넓은 타입이라고나 할까. 가족이나 친지, 직장동료, 교회 사람들과 이웃까지 무슨 일만 있으면 발로 뛰어서 방법을 찾아주고 도와주는 그런 분이었다. 아마도 교사생활을 오래하셔

서 제자를 대하는 마음으로 몸에 베인 익숙함이 아
닐까 싶었다.

　2015년 5월. 결혼식을 100일 정도 남겨둔 시점.
여자 친구와 함께 예비 장인을 만나기 위해 천안으
로 향했다. 장인어른이 근무하는 학교가 천안이기도
했고, 취미로 활동하는 오페라 무대의 출연을 응원
도 할 겸. 유난히 더웠던 기억이 생생하다. 예비 장인을
만나기 전, 난 머릿속으로 수천 가지 버전의 시나리
오를 그려봤다. 그중의 최악은 나에게 배신감을 느
낀 예비 장인이 학교의 야구부원들을 불러다가 쥐
어 패는 거였다. 패 놓고 허락을 해주면 괜찮은데,
결혼은 꿈도 꾸지 말라며 노발대발하는 모습으로
끝나는 거였다. 불길한 상상이 여기까지 미치자, 만
약의 불상사를 대비해 옷을 껴입었다. 방탄조끼 같
은 걸 구할 수만 있다면 입고 가고 싶은 심정이었다.

그날도 예비 장인은 날 아주 반갑게 맞아주셨다. 그 동안 밀렸던 사는 얘기, 정치, 사건 등 대화의 토픽이 몇 번이나 바뀌었지만, 난 감히 결혼이라는 말은 입에도 올리지 못했다. 내가 용기를 내기도 전에 예비 장인이 먼저 피곤한 표정으로 불쑥 집으로 발길을 돌렸다. 그날은 아무런 소득도 없이 돌아서야 했다.

그러던 어느 날, 2015년 6월 여자 친구에게서 전화가 왔다.

"내가 엄마한테 말씀 드렸어. 자기랑 결혼하겠다고."

기다림보다 용기가 앞섰던 여자 친구가 먼저 터뜨렸다.

"뭐라고 안 하셨어? 화내시진 않았고?"

"화나신 건 예상대로고, 나도 자기도 꼴 보기 싫다고."

"잘됐다. 이제는 직진만 남았네. 이제부터 본격적인
시작이지만."

전화를 끊고 나니 머릿속이 하얘졌다. 이런 상황
에서 무슨 말을 더 할 수 있겠는가. 일단 그녀에게
용기를 주고 싶었을 뿐이다. 여자 친구부터 안심시
키고 위로해주고 묵묵히 그녀의 부모님의 결단을
기다리는 수밖에.

예비 장인이 충격을 많이 받은 것 같아 걱정이었
다. 왜 충격을 받질 않겠는가? 직장 상사인 척 접
근했던 내가 괘씸했을 테고, 무엇보다 애지중지 키
운 딸을 데려가겠다고 나선 도둑놈, 그것도 나이까
지 많으니 천하의 도둑놈으로 보였을 거다. 지금 생
각해 보면, 당시에 나에게 손 하나(?) 대지 않고 보내주신 장인어른의 인자하고 온화한 인품에 감사할 뿐이다. 물론 장모님도 그녀의 선택을 존중해주셨으니 당연히 감사할 따름이고.

애가 타들어 가는 심정으로 며칠이 흘렀다. 그냥 헤어지라고 하시면 어떻게 대답해야 하나? 결론은 한가지였다. 밀어내도 물러나지 않을 거라 다짐했다. 무릎 꿇고 매달릴 각오를 더욱 다졌다. 혹시나 그녀와 헤어지게 되더라도 난 그녀와 함께 보낸 7년의 시간을 헛되이 마무리 짓고 싶지 않았다. 최선을 다해서 결혼을 추진하고 정말 안 되면 그녀의 미래를 위해서라도 비밀 연애는 끝까지 숨겨주고 싶었을 뿐이었다. 이 좁은 바닥에서 적어도 그녀가 나 때문에 피해보는 일은 없도록 해주고 싶은 마음이었다. 7월이 시작되었다. 갑자기 예비 장인장모가 회사로 찾아오시겠다는 연락이 왔다.

"몇 가지 자네가 준비할 게 있어. 자네가 얼마나 믿을
만한 사람인지 증명이 필요한데."

증명이란 건 서류준비를 의미했다. 나란 사람에
대해 증명할 수 있는 자료를 준비해놓고 기다리라
는 말뿐이었다. 결혼한 적이 있는지 없는지에 대한
증명서(결혼증명서)는 최우선 필수서류라고만 하셨
다. 나이 때문에 당연한 거라고 받아들이고 주민센
터를 찾아갔다. 서류를 준비하면서 혹시나 여러 번
이런저런 서류를 빌미로 지연될까봐 혼자 살고 있
는 월세 집 계약서와 사무실 임대차 계약서, 급여통
장, 졸업증명서, 가족관계 증명서, 주민등록등본 등
의 서류를 미리 다 준비해 놓고 기다렸다. 당시 메르
스 사태 때문에 건강검진 결과만 받지 못했지만, 여
하튼 떨렸다. 허락을 하러 오신 게 아니었다. 딸의
직장 대표가 아니라 사위로 자격이 있는지를 다시
보고자 오신 거였다. 장인어른만 오셔서는 별 말씀

없이 서류만 보고 가셨다.

며칠 뒤 처가 근처의 카페에서 장모님을 따로 만났다. 이전에 뵌 적은 있지만 역시 회사 대표로 인사만 나눈 사이라 더 떨렸다. 이윽고 카페 한쪽에서 내 신상에 대해 브리핑을 했다. 그 어느 때 보다 진중한 자세로. 초조한 마음으로 판결(?)을 기다렸다. 프로듀서 101에 출연한 아이돌이 심사위원 앞에 섰을 때의 심정이 나와 같았을까? 연습생으로만 살아왔던 탓에, 여기서 떨어지면 더 이상 갈 곳이 없다던 출연자들처럼, 아니 그 이상으로 나는 절박했다. 얼마나 시간이 흘렀을까. 드디어 예비 장모가 입을 열었다.

"사업한다는 사람이 빚이 없는 게 대단하네. 열심히 살았나봐."

빚은 없었지만, 통장 잔고는 그야말로 처참한 수준이었다.

"부끄럽습니다. 일은 열심히 했는데, 모아둔 돈이 별로 없어요."
"아직 젊은데 무슨 걱정이야."

기대하지도 않았던 응원까지 해주셨다. 예상외로 한 번에 승낙이 떨어졌다. 장모님은 허락해주러 오신 거였다. 코끝이 찡했다. 창업부터 장모님께 허락을 받기까지, 8개월. 이 순간을 위해 준비해온 시간들이 주마등처럼 지나갔다. 물론 이 기간 동안 아내가 집에서 혼자 겪었던 수 많은 난관은 이루 말할 수 없겠지만, 암튼 난 결혼을 허락해 주신 장모님에게 뭔가 의미 있는 선물을 해드리고 싶었다. 여자 친구와 상의 끝에 3박4일간 제주도 여행을 보내드리기로 했다. 메르스가 날 도왔다. (메르스 사태로 고통 받았던 분들에게는 정말 죄송하다.) 당시 메르스 사태로 관광객이 뚝 끊겼던 탓에 비행기는 택시 요금보다도 저렴했고 예약도 매우 수월했다. 1박에 30만 원 넘는 고급 호텔도 말도 안 되는 가격에 나와 있었다. 경제적인 비용으로 최고의 선물을 해드릴 수 있었던 것이다.

결혼 승낙은, 나중에 알고 봤더니, 여자 친구의 힘이 컸다. 부모님을 만나 설득을 했고, 뭐든지 자신의 선택에 책임감을 가지고 살아왔던 믿음직한 딸이었기에, 아버지도 어머니도 딸의 선택을 믿어준 것이었다. 이제 나의 부모님 설득만이 남았다.

"축하할 일인데 갑자기 왜? 너 사고(임신)쳤냐?"
"나이도 어린데 남의 집 귀한 딸 인생을 책임지는 게 결혼이다. 갑자기 무슨 일이냐?"
"너의 입에서 결혼이란 단어가 나와서 기쁘지만 맏며느리 나이가 너무 어려서 걱정이다."

나이가 너무 어리다고 구박하시면서도 하시는 말씀이 모두 걱정뿐이었다. 여자 친구를 데리고 인사를 갔다. 예상은 했지만 나이 먹고 결혼도 못하고 있는 아들을 선택해줘서 고맙다는 표현을 하셨다. 지금은 고인이 되셨지만 아버지의 함박웃음은 그때 처음 본 것 같다.

우리는 결혼식 준비를 착착 해나갔다. 예식장 다음으로 선택에 있어 많은 품이 드는 웨딩스튜디오 촬영, 드레스 대여와 메이크업 일명 스드메(스튜디오, 드레스, 메이크업)부터 신혼여행 스케줄까지 빠른 속도로 정했다. 그냥 찜만 해둔 게 아니라, 계약금까지 모두 지급했다. 결단코 결혼식을 올리겠다는 의지를 담아서.

그리고 2015년 9월11일. 비오는 금요일 저녁이었

다. 7년 연애한 우리 커플은 드디어 부부의 연을 맺게 되었다.

"음식 맛있더라."
"경치 멋지더라."
"분위기 좋더라."
"사회 잘 보더라."
"주례 진중하고 재밌더라."
"축가 멋지네."
"신부 예쁘구나."

결혼식 자체에 호평이 쏟아졌지만 신랑에 대한 언급은 없었다. 서운함은 하나도 없다. 결혼식은 그 준비의 처음부터 끝까지 개고생 했던 나에게 준비한 최고의 선물이었으니까. 물론 주인공은 신부였지만. 이 페이지를 통해 결혼식에 참석해 주신 여러분들께도 감사드린다.

언젠가 친구 녀석에게 이런 이야기를 들었다. 30

대 후반에 만나 40 넘어서까지 열 살 어린 여자와 6년을 열애 중이었던 친구는 얼마 전, 그녀와 헤어졌다고 했다. 친구는 물론 결혼까지 생각하고 만남을 이어왔었다. 당시 3년 즈음 지나서 결혼 얘기가 나왔을 때, 여자 집에서 반대가 극심했었다. 아예 만나주지조차 않았다. 나와 상황이 비슷한 부분이 있었다. 장남에 벌어둔 돈도 없고, 직장도 내세울 게 없다는 것, 반대로 여자는 신붓감 순위 1위라는 선생님이었다. 여자 친구는 만나보고 나서 싫다고 해야할 것 아니냐며 엄마를 설득했고, 결국 만남이 성사됐다. 어머님이 친구에게 꺼낸 첫 마디는 이제 그만헤어지게였다. 그 다음에는 뭐 마음에 드는 게 한 가지라도 있어야 생각을 해보지, 우리 딸 더 나이 들기전에 그만 놔주게였다고 한다. 그런데 친구 녀석은그 자리에서 바로 네, 알겠습니다하고 자리를 박차고 나왔다고 한다.

이 커플의 미래는 어떻게 됐을까? 남자가 여자에게 먼저 이별을 고했을까? 결과는 그 반대였다. 여자가 먼저 친구 녀석에게 헤어지자고 했다. 그것도 단호하게. 자신의 엄마 앞에서 한마디 항변도 하지 않고 곧바로 헤어지겠다고 자리를 떠난 그 모습에 실망을 했기 때문이라고 했다. 어떻게 그렇게 쉽게 우리의 사랑을 포기할 수 있느냐고. 어떻게 나랑 헤어지는 걸 감수하면서까지 자기 자존심만 챙기냐고. 여러분이라면 어땠을까?

지금의 아내를 만나기 전까지, 나도 내 자존심 지키는 데만 급급했었다. 신용불량자이던 때보다는 사정이 나아졌지만, 여전히 난 모아둔 돈 한 푼 없고, 회사는 앞날이 어찌될 줄 모르는 뭐 하나 정해진 게 없는 불안한 상태였다. 게다가 여자들이 싫어하는 장남에 마흔 중반을 넘긴 나이까지……. 배우자감으로 내세울 게 없다고 생각했다. 그래서 연애를 하다가 결혼 얘기가 나오면 슬금슬금 거리를 뒀고, 온갖 핑계를 대서 헤어지곤 했었다. 내 속사정을 속속들이 알게 되면, 여자 쪽에서 먼저 헤어지자고 할 게 뻔하다고 생각했으니까. 그래서 사귀는 여자 앞에서는 앓는 소리 한번 해본 적 없었고, 일부러 있는 척 허세를 부렸었다. 차이는 것보다는 차는 게 자존심이 덜 상하는 거라 생각해서, 차일 것 같으면 먼저 차버렸다.

지금의 아내에게 만큼은 달랐다. 다른 여자와는 번번이 문제가 되었던 고비들이 아주 순조롭고, 자연스럽게 흘러갔다. 사귀고 3년 만에 신용불량자임을 고백하면서, 내 주머니 사정을 확실하게 공개했다. 그녀는 떠나지 않았다. 오히려 무엇을 도와줄까 걱정을 앞세웠다. 그래서일까? 처음부터 아내 앞에선 애써 허세를 부릴 필요가 없었다. 만약 내가 있는 척, 허세를 부렸더라면, 아마 먼저 도망쳤을 여자다. 그녀 앞에서 난 숨김없이 내 모습 그대로를 보여줬다. 결과는 오히려 긍정적이었다. 처음으로 수입을 공개하고, 미래의 계획에 대해서 어필한 첫 여자. 미흡했지만 신뢰를 갖고 지지를 해준 첫 여자. 내가 먼저 나를 믿어 달라고 얘기한 첫 여자. 그리고 나를 믿어준 첫 여자였다.

서로에게 단단한 신뢰가, 실패를 두려워하지 않는 태도가 어떤 일을 시도하는 데 있어 꼭 필요하다는 것은 부인할 수 없다. 실패를 두려워해 시도조차 않는 것보다는 실패의 두려움을 이기고 시도하는 것이야 말로 좋은 결과를 이끌어내는 가장 중요한 요소 중 하나다. 고작 실패가 두려워 말조차 꺼내지 못하는 것이야말로 시작부터 실패가 아닐까.

(그럴 리도 없고 그래서는 큰일이겠지만) 세계적인 격투기 선수가 나에게 시합을 청했다고 하자. 그 시합에 응해서 나를 링에 오르게 하는 것이 실패를 두려워하지 않는 마음이다. 하지만 거기까지가 실패를 두려워하지 않는 마음의 역할이다. 실제로 펀치를 주고받으며 시합을 할 때는 펀치와 스텝 하나하나가 계획적이고 전략적이어야 한다. 실패를 두려워하지 않는다며 마구잡이로 주먹을 휘두르는 것은 시합을 포기한 것과 다를 바가 없다.

사랑을 쟁취하고 인정받음에 지레 겁먹고 물러서진 말자! 그 시간에 꼼꼼히 계획하고, 전략을 세운다면, 당신도 비자발적(?) 비혼에서 탈출할 수 있을 것이다!

둘

'진짜 사랑'을 할 준비가 되었나?

인생에 생로병사가 있듯 연애도 마찬가지다. 연애의 끝은 무엇일까. 실연이다. 실연(失戀)의 사전적 의미는 연애에 실패함을 뜻한다고 한다. 하지만 삶의 끝이 죽음이라고 해서 죽음을 삶의 실패라고 말하지 않듯, 연애의 끝이 실연이라고 해서 실연을 연애의 실패라 부를 수 있을까? 우리는 삶의 끝이 죽음이라는 걸 알고도 혹은 알기에 더 현재에 충실하고 즐기며 살아간다.

연애 또한 그러해야 한다. 이별이 두려워 방어로 점철된 관계를 맺는다면, 연애의 즐거움은커녕 이별을 앞당기고 후회나 미련을 늘려갈 뿐이다. 연애의 끝이 모조리 비참하고 고통스러운 것은 아니니까. 겨울이 지나야 봄이 오듯, 실연이 있어야, 새로운 연애를 시작할 수 있고, 그 경험들이 쌓이고 쌓여, 진정한 내 짝을 발견하는 혜안을 얻게 된다.

마크 웹 감독의 〈500일의 썸머〉는 연애 경험이 있는 사람이라면 누구나 지나간 자신의 연애사를 떠올리게 해주는 영화다. 영화는 사랑 이야기처럼 보지만 시작할 때부터 사랑 이야기가 아니라며 못을 박고 시작한다.

> "이것은 남자가 여자를 만나는 이야기다. 하지만 알아두어야
> 할 것은 이것은 사랑 이야기가 아니라는 것이다."
>
> – 영화 〈500일의 썸머〉 내레이션 中

자신의 인생을 바꿔줄 운명적 사랑을 기다리는 순수 청년 톰은 어느 날 새로 입사한 회사동료 썸머를 처음 보는 순간 한눈에 반한다. 썸머는 구속 받기 싫어하고 누군가의 여자이기를 거부하며 톰과는 친구도 애인도 아닌 애매한 관계를 이어간다. 썸머와 평생 함께하고 싶지만 어딘지 어긋나고 삐걱대는 두 사람은 썸머의 이별통보로 결국 헤어지게 된다.

줄거리만 놓고 보면 평범한 연애이야기로 보이는 영화는 남자 주인공 톰(조셉 고든 레빗)이 썸머라는 여자 주인공(주이 디샤넬)을 만나 좋아하고, 싸우고, 헤어지는 내용이다. 하지만 자세히 들여다보면, 두 주인공, 특히 남자 주인공 톰의 성장기이기

도 하다. 톰을 보며, 지난날의 나, 사랑에 서툴렀던 20~30대의 나의 모습을 떠올렸다. 난 연애바보까지는 아니었지만, 지금의 아내를 만나기 전까지 수차례(?) 실연을 겪었었다.

운명의 상대가 아니니까, 당연한 결과가 아니냐고? 아주 틀린 얘기는 아니지만, 그보다 더 큰 문제는 바로 나 자신에게 있었던 것 같다. 나는 이 영화의 한 장면 장면마다 지난 시절의 나를 떠올렸다. 사랑하는 방법을 몰랐고, 이기적이었으며, 상대의 감정보다는 상대를 사랑한다고 착각하는 날 더 사랑했던 과거의 나를.

영화 도입부에 보면 톰은 '운명의 여인'이라는 것을 깊게 믿는 남자로 묘사된다. 운명적인 사랑을 믿고, 기다리는 톰의 인생영화는 어릴 때 본 〈졸업)이다. 더스틴 호프만이 주연한 영화 〈졸업(The Graduate)〉은 옆집 아주머니와 그렇고 그런 관계였던 남주인공 벤자민이 결국 아주머니의 딸 엘레인과 사랑에 빠지고, 다른 남자와 결혼하려던 그녀와 함께 도망치는 내용이다. 영화 내내 엘레인은 벤자민에게 네가 왜 나와 꼭 함께하고 싶어 하는지 너도 모르는 것 같다는 식의 질문을 계속해서 던진다. 그에 비해 벤자민은 '몰라. 네가 그냥 좋으니까.' 식으로 반응한다. 이런 대책 없는 행동들의 결과물이 역대급 명장면인 버스를 잡아 탄 두 사람의 '앞으로 어떡하지?' 느낌의 표정이 잘 설명해준다.

톰은 영화 〈졸업〉의 내용을 완전히 잘못 이해하고 있었다. 이렇게 깊은 생각 없는 어리숙한 남자의 충동적인 행동에 대한 영화를, 톰은 역경을 헤치고 운명의 여자를 쟁취하는 남자로 해석한 것이다. 영화 내내 톰의 행동도 〈졸업〉의 벤자민의 행동과 굉장히 닮아 있다. 영화 초반부터 톰의 모습은 어리숙하게 그려진다. 신입사원인 썸머가 되게 차가운 여자라는 찌라시 수준의 동료 사원의 말을 듣고 그런 애는 필요 없다는 식으로 반응한다. 한마디로 귀가 얇은 타입이다. 중간 중간 썸머와의 관계에 대해 의심하고 되돌아보는 것도 본인 의사보다는 친구부터 동생까지 주변인들의 의견에 휘둘리기 때문이다. 썸머와 안부 인사를 하다가도 주말 잘 보냈다는 그녀의 말투를 확대해석하기도 한다. 한마디로 톰은 줏대 없고 쪼잔하다.

썸머와 사랑에 빠지게 되는 계기 자체도 '도끼병' 스럽다. 자기가 좋아하는 노래를 썸머도 안다는 이유가 전부다. 여동생인 레이첼마저도 겨우 그것 때문에 둘이 천생연분이냐고 지적한다. 하지만 이후에도 썸머와의 공감대 형성보다는 그냥 데이트와 만남 자체에 의미를 두는 톰의 모습들은 여전하다. 영화 속에는 톰의 이러한 심리가 극명하게 드러나는 두 장면이 있다.

썸머의 집에 초대 받았을 때 썸머는 톰과 침대에 누워 '이 얘기는 누구에게도 해준 적이 없어.'라면서 사적인 이야기들을 톰에게 털어놓는다. 이 순간 톰의 뇌리를 스치는 생각은 '이 이야기를 내가 들을 자격이 있을 정도구나!'이다. 그녀의 이야기에 귀 기울이는 거보다 자기가 이런 이야기를 들을 수 있다는 데 자부심을 가진다. 톰에겐 썸머 자리에 그녀가 아닌 다른 사람이 있더라도 상관없는 것처럼 보인다.

또 하나는 술집 장면. 톰과 썸머가 함께 술집에 갔

는데, 한 남자가 썸머에게 일방적으로 지분거리기 시작한다. 결국 톰은 그 남자와 주먹다짐을 하게 되지만, 썸머는 톰에게 실망만 한다. 위기의 순간에 톰의 이기적인 태도가 여실히 드러났기 때문이다. 애초에 톰이 주먹질을 하게 만든 남자의 말은 '얘가 너 남자 친구라니 믿겨지지가 않네.'였다. 그 전에 남자가 썸머를 귀찮게 할 때는 아무 말도 못하고 쨰려만 보다가 자신의 자존심에 상처 주는 말을 하자 주먹이 나간 거다. 한바탕 소동이 수습되고 난 후에도 톰은 썸머에게 내가 널 위해 싸움까지 벌였다는 말만 강조한다. 썸머가 아닌 자기 자신 때문에 싸운 게 너무나 명백해 보이는데도 벅벅 우기는 것이다. 그 사건 이후로 둘의 사이는 점점 멀어지게 된다.

이 두 장면만 봐도, 이 연애의 끝이 안 좋을 거라는 건, 누구나 쉽게 짐작할 수 있다. (온라인상에는 어장 관리하는 썸머를 욕하는 남자들이 종종 보인다. 썸머를 '어장관리녀'라 비난하는 목소리도 있다. 만약 영화를 다 보고 나서도 톰을 차버린 썸머가 나쁜 X이라고 하는 남자가 있다면, 그 남자는 연애바보일 확률이 높다.) 결국 두 사람은 헤어지게 된다.

이별 후에도 톰의 지질함은 계속된다. 톰의 입장에선 그저 모든 게 다 잘되고 있었다는 생각뿐이었다. 톰은 썸머의 이별선고가 갑작스럽기만 하다. 하지만 톰의 생각과는 다르게 둘의 결별은 이전부터 이미 수많은 신호들이 있었다. 썸머는 같은 데이트를 하면서 즐거워하지 못하고, 톰이 잘못 해석한 영화 〈졸업〉을 감상하며, 눈물을 흘리기도 했다. 영화 〈졸업〉의 결말이 사실은 새드엔딩이라는 걸 그녀는 알았고, 자신과 톰의 상황이 비슷하다는 걸 깨달았던 것이다.

한마디로 톰은 사랑할 준비가 안 돼 있는 남자였다. 누군가와 함께 있는 자신이 좋았을 뿐, 상대방의 관심사나 취향, 생각에는 관심이 없었다. 아마도 톰은 상대방보다 사랑에 빠져있는 자신의 모습을 더 사랑했었던 것 같다. 이런 연애는 필연적으로 실패할 확률이 대단히 높다. 내가 누군가를 사랑을 할 수 있는 사람이 되었을 때, 준비가 되었을 때, 진짜 사랑이 찾아오는 것이니까. 상대의 실체가 아닌, 자신이 투사한 이미지를 보고 시작하는 첫사랑 그리고 풋사랑은 때에 따라 과정은 다르더라도 결국에는 실패로 끝나곤 한다. 하지만 실패한다고 해서 아무 의미가 없는 것은 아니다. 실패를 통해서 배우는 것이 있기 때문이다.

우리는 실패를 통해서 사랑이란 내가 원해서 이루어지는 것이 아니고, 상대가 받아들여야 함을 알게 된다. 사랑이란 내 욕심을 채우고 상대를 자기의 이상적인 연애상대에 맞추라고 강요하는 것이 아니라 있는 그대로를 받아들이고 존중하는 것, 다시 말해 '나'의 자아중심성의 희생을 통해 이루어진다는 것을 알게 된다. 사랑이 시작되면 이러한 측면을 보기 힘들게 된다.

자신이 상대방의 이상형에 딱 맞는 사람이어서 사랑에 빠진 적이 있나? 첫사랑이나 풋사랑은 '나'라는 자아의 욕구를 충족시키기 위한 자아중심적인 행동이다. 그리고 진정한 사랑은 '나'라는 자아중심성을 벗어날 때 시작된다. 실연은 자아중심적인 사랑에서 벗어나 이타적인 사랑을 배울 기회를 안겨준다. 모두 이 기회를 잡는 것은 아니다. 실연, 사랑의 실패에서 배우지 못하는 사람은 그 이후에도 계속 자신의 이상형에 맞는 사람을 찾고, 만났다가 실망하고 헤어지고, 다시 또 찾아 헤매는 과정을 반복한다. 사랑의 실패에서 배우지 못하고 같은 사랑을 계속 반복하는 것이다.

지금의 아내를 만나기 전까지 나도 그랬다. 나의 이상형은 청순한 이미지를 가진, 조신한 여자였다. 여자한테 술과 담배는 당연히 안 되고, 나이가 들면서 불가능한 희망이란 걸 깨달았지만, 내가 첫 남자(?)여야 하고……. 더 솔직히 얘기했다간, 특히나 여자들에게 욕을 한 바가지로 처들을 그런 여자를 이상형으로 꿈꿨었다. 워낙 보수적인 가정환경에서 자란 탓도 있겠지만, 내가 그런 여자를 꿈꿨던 건, 결국엔 자신감이 없었던 탓이다.

앞서도 잠깐 언급하긴 했지만, 여자를 만나 연애를 하고 시간이 지나면 결혼 얘기가 자연스럽게 나온다. 하지만 20대 때는 결혼을 생각지도 않았고, 30대가 되어서는 결혼할 준비가 안 되어 있었다. 그 때는 결혼준비가 곧 안정된 직장과 풍족한 생활을 가져다 줄 연봉이라고 생각했었으니까. 그 시절의 나는 영화 〈500일의 썸머〉 속의 톰과 같았다. 이기 적이어서 내 감정에만 충실했지, 상대방의 감정을 헤아릴 줄 몰랐다. 상대방이 어떤 사람인지 취향과 생각을 알려고도 하지 않았었다. 내가 옳다고 생각 하는 것에 상대방을 맞추려만 했다. 서로가 다른 부 분이 어떤 것인지 알아가면서 이해하려고 노력하지 않았다. 아니 더 정확히는 노력해야 한다는 걸 몰랐 다. 서로의 생각이 달라서 갈등이 생기면 그냥 헤어 지면 그만이라고만 생각했었다. 이기적이고 나 잘난 맛에 사는 남자, 그런데 알고 보면 가진 것 없다는 자격지심으로 똘똘 뭉쳐있는 못난 놈, 그게 바로 나 란 남자였다.

실연의 경험들, 그리고 지금의 아내와의 오랜 연애 기간 동안, 나에게 찾아온 가장 큰 변화는 상대방을 이해하려는 노력, 그 노력의 바탕은 대화라는 걸 알았다는 것이다. 특히 들어주는 기술이 중요하다. 한 사람이 다른 사람에게 말을 한다는 것은 자신의 상황이나 생각, 감정 등을 전하여 상대방으로부터 이해를 받고 싶다는 것이다. 설령 충고나 조언을 바란다고 말할지라도, 이해받고 싶은 마음이 우선이며 충고나 조언은 항상 그 다음이다. 사랑하는 사람의 이야기를 들을 때 가장 먼저 갖추어야 할 것은 상대방의 처지와 심정을 함께 느끼려는 자세다. 상대방이 말하고 있는 내용뿐만 아니라 그의 속마음까지 이해하려는 적극적인 노력이 필요하다. 상대방의 이야기에 귀를 기울이는 것은 물론 삶 전체에 대해 관심을 가져야 한다. 상대방에게 따뜻한 관심을 가지면 그에 관해 궁금한 것이 많아지고, 자기 이야기를 설명하면서 섣불리 끼어들지 않게 된다. 자신의 말은 자연스럽게 줄어드는 것이다.

　사랑하는 사람을 이해하기 위해서는 또한 얼마 동안의 판단 중지도 요구된다. 판단 받고, 평가 받고, 심판 받는 것, 그것은 당신도 원하지 않을 것이다. 평가를 받는다는 것은 아무래도 긴장되고 불편한 일이기 때문이다. 대부분의 사람들은 상대방의 이야기를 들을 때 성급하게 판단하기를 잘한다. 그것은 당신이 잘못한 것이라느니, 그때는 무엇이 옳았다느니, 그런 상황에서는 그렇게 하는 것이 아니었다느니 하면서 말이다. 그런 것이 바로 상투적인 조언과 충고, 즉 잔소리일 것이며, 그럴 때 상대방은 하던 말을 중단하고 마음의 문까지도 닫게 된다. 상대방이 이야기할 때 듣는 사람은 조용히 입을 다물고 경청하는 것! 그것이 대화의 시작이다.

셋

신뢰는 디테일에서 나온다

대학로 인기 코미디 연극 〈그남자 그여자〉는 남녀가 연애하면서 생기는 '지극히 보편적이고, 그래서 평범한' 순간들을 펼쳐 보인다.

서른의 문턱을 넘은 선애. 그녀에게는 지난 사랑이 있었다. 7년을 만나며 무수히 많은 날들을 함께 꿈꿨던 남자. 그가 오늘 자신이 아닌 다른 여자와 결혼을 한다. '구 남친, 현 나쁜 놈'이 되어버린 그와의 마지막을 시시하게 장식할 수는 없다. 그녀는 친히 식장까지 찾아가 앞날을 축복해주는 '아량'을 베푼다. 물론 그녀만의 방식으로. '이런 날 혼자인 건 말이 안 돼!' 그래서 학교 후배이자 직장 후배인 정훈을 대동하기로 한다.

사실 정훈에게는 10년 동안 짝사랑해 온 '그녀'가 있다. 대학 시절 뜨거운 연애에 빠져있었던 그녀는 이제 실연의 아픔 속에 빠져 있다. 마침내 내게도 기회가 왔구나, 싶지만 지금의 그녀는 사랑 따윈 믿지 않는 눈치다. 행복해 보이는 연인을 마주칠 때면 '이 남자는 정말 다를 거라 믿고 싶겠지만 결국엔 그 놈이 그놈'이라는 저주 아닌 저주를 퍼붓는다.

정훈과 달리 정민은 자신의 감정에 솔직하다. 우

연히 지하철에서 마주친 지원에게 첫눈에 반한 그는 매일 같은 옷을 입고 같은 시각에 지하철을 탄다. 자연스럽게 그녀에게로 향하는 눈길, 작은 움직임까지 놓치지 않고 따라가는 시선도 애써 감추지 않는다. 그녀가 실수로 떨어뜨린 지갑 역시 돌려줄 마음은 없다. 그토록 기다리던 기회가 드디어 찾아왔다!

지원은 쉽게 마음을 내어줄 생각이 없다. 능글맞은 듯 담백한 정민의 고백이 싫은 건 아니지만, 무턱대고 다가서는 그의 방식을 이해하기 어렵다. 못 이긴 척 넘어가 주자니 어딘가 찜찜하다. 나를 잘 알지도 못하면서 나를 사랑할 수 있을까? 그 마음이 오랫동안 변하지 않을 거라고 누가 장담할 수 있지? 아무리 생각해도 답이 나올 리 없는 문제들을 고민하던 끝에 결심했다. 확실히 약속을 받아두자고.

그렇게 네 사람은 연애를 시작했다. 서로 다른 연애 경력을 가지고 서로 다른 시간을 지나고 있지만, 이들에게 찾아온 감정은 다르지 않다. 연극 〈그남자 그여자〉의 주인공들에게도 연애의 위기는 어김없이 찾아왔다. '현실' '입장' 그리고 '차이'라는 이름으로 찾아오는 문제들을 그들이라고 비켜갈 수는 없었다. 누구나의 연애에 등장하는 한 장면처럼, 극중에서는 서로를 사랑하지만 안타까운 오해로 인해 헤어지게 되는 이별 장면이 나온다.

연애를 하게 되면 사전에 서면으로 작성했다거나 구두로 합의를 하지 않았지만 상대방과의 관계 속에서 매일 서로 지키게 되는 암묵적인 습관, 룰이 생긴다. 가령 매일 같은 시간에 문자메시지를 보낸다든가 전화를 한다든가, 매주 어떤 요일은 특별한 일이 없는 한 당연히 데이트를 한다든가, 영화를 보러

가면 예매는 보통 내가 밥은 상대방이 산다든가 하는 사소한 것들이다. 때로는 대화와 논의를 통해 반드시 행하거나 지켜야 하는 사항들을 사전에 공지하기도 하지만, 보통 두 사람 간에 자연스럽게 형성되는 암묵적인 약속이나 습관들은 결국 신뢰를 형성해가는 밑거름이란 생각이 든다.

연애 기간을 어느 정도 지속한 커플들이 다투게 되는 주된 이유 중 하나는 '(문자, 전화, 기타 등등 오롯이 그 커플끼리 해오던 사항을) 예전엔 꼬박꼬박 해주더니 이젠 왜 안 해?'라는 불평에서 시작된다. 이런 불평은 사실 자신이 상대방에게 사랑하는 사람으로서의 존재감을 무시당했기 때문에 생기는 것이며, 이는 두 사람 간의 암묵적인 룰, 즉 서로가 지켜오던 마음의 신뢰에 금이 가는 시발점이 된다.

우리에게도 그러한 암묵적인 합의들이 있었다. 우린 1년에 360일 정도를 만났다. 매일같이 직장에서 그리고 주말마다. 그리고 한 번도 빠짐없이 난 그녀를 집 앞까지 바래다주었다. 그 규칙은 7년의 연애 기간 내내 변하지 않았다.

한 번은 이런 일도 있었다. 어느 해 겨울. 갑작스럽게 함박눈이 내렸다. 덜덜거리는 중고 고물자동차로 겨우겨우 비탈길을 올라, 그녀의 집 앞까지 내려주는 데 성공했다. 올라왔으니, 가는 길은 내리막길. 그 사이 앞을 가늠할 수 없을 정도로 눈이 쌓였다. 이대로 갔다간 위험하다 싶어, 차에서 기다렸다. 1시간 정도를 기다렸을까. 눈발이 잦아들었고, 난 눈을 쓸기 시작했다. 그대로 내려가면 위험하다 싶어서, 내리막길을 쓸다 보니 한 시간이 훌쩍 지나 있었다. 그렇게 집에 도착하니 새벽 4시였다.

또 이런 일도 있었다. 그날도 눈은 엄청 내렸고, 난 통금시간이 되기 전 그녀를 집까지 바래다주는 길이었다. 차가 갑자기 멈춰버렸다. 갑자기 멈춰도 하나도 이상할 게 없는 정말 오래된 중고차였기에 그리 놀랄 일은 아니었다. 그런데 차가 멈춰 선 곳이, 하필 미군부대 앞이었다. 미군부대 헌병이 나와서 가라고, 차를 치우라고 성화를 부렸다. 견인차 불렀으니 조금만 기다려 달라고 부탁해야 했다. 그런데 그날 나 같은 사람이 많았었는지 견인차는 한 시간 돼도 오지 않았다. 헌병은 자꾸만 눈치를 주고……. 그러던 찰나에 기적처럼 시동이 걸렸다. 통금시간이 얼마 안 남았는데 겨우 맞춰서 그녀를 데려다 줄 수 있었다. 하지만 내리던 눈은 폭설로 바뀌어 있었고 그 눈길에 운전을 해야 했다. 그녀에게는 걱정하지 말고 들어가라고 했다. 말은 그렇게 했지만, 도저히 운전을 할 수 없을 정도로 눈이 쌓였었다. 그날 나는 그녀의 집 근처 여관에서 혼자 묵었다. 물론 그녀에게는 비밀이었다.

'만날 때마다 바래다주겠다.'고 그녀에게 약속한 일은 없었다. 하지만 내 스스로에게 한 약속이었기에 지키고 싶었다. 연애기간이 오래되면, 보통은 여자 쪽에서 이런 불만을 토로하는 경우가 많다. 그 이유 중 하나는 남자가 여자의 환심을 사려고 특별히 연애 초반에 신경 쓰고 심혈을 기울였던 것들을 여자는 암묵적인 습관, 일상적인 사랑 또는 신뢰의 표시로 인식하게 되고, 남자가 이젠 어느 정도 관계의 긴장을 늦추고 힘을 빼며 여자가 암묵적인 규칙이라 여겼던 것을 그만두는 순간 여자는 사랑하는 마음이 식었다느니, 사람이 변했다는 생각을 하게 되기 때문이다. 커플들마다, 부부마다 시간이 지나면서 자신들만이 쌓아온 관계의 일상적 습관들, 보이지 않는 암묵적인 합의의 형태와 모습은 제각각일 것이다. 하지만 하루하루 쌓인 고유한 습관은 공통적으로 모든 커플에게 견고한 신뢰를 형성하는 기초가 되는 것은 아닐까.

예를 들어 보자. 아침 일과를 허겁지겁 치르고 멋대로 생략하는 하루가 지속된다면 일주일의 피로는 더 두껍게 쌓인다. 생활의 활력이나 즐거움도 감소된다. 하루의 밀도가 다르게 흘러간다. 삶의 균형은 약간의 변화와 그것을 지탱할 수 있는 탄탄한 일상으로 주어진다. 사람은 격변 속에서도 자신만의 일상과 규칙을 찾아 균형을 잡아낸다. 관계 역시 변화와 일상의 조화가 필요하다. 자극과 안정이 톱니바퀴처럼 잘 맞물려 돌아갈 때 관계는 건강하다.

안정을 주기 위한 가장 중요한 덕목은 바로 신뢰

다. 신뢰를 주는 것은 구체적인 말과 행동들이다. 상대방이 스스로 초라하거나 치사하게 느끼지 않게 먼저 말하고 먼저 안심시켜주는 말과 행동들이다. 침묵의 시간이 길어질 때면 미리 양해를 구하는 것도 좋다. 언제 어디서든, 삶의 어느 순간이든, 모든 것을 다 말하고 공유하는 건 불가능하지만, 자신만의 시간과 공간을 지키기 위해서라도 상대를 미리 안심시켜주는 편이 좋다. 이를 위해서는 신뢰가 필요하고 그 신뢰는 구체성을 필요로 한다.

아이를 키울 때도 마찬가지다. 엄마에게 가장 힘든 점은 엄마에게도 필요한 독립된 공간과 시간을 확보하는 일이다. 이를 얻지 않고서는 건강한 엄마 노릇은 불가능하다고 할 수 있다. 함께 있는 시간이 행복하기 위해서는 혼자 있는 시간이 건강해야 한다. 그 혼자 있음을 건강하게 하는 것은, 분리 불안의 극복이다. 이것은 아이의 문제만은 아니다. 엄마 또한 분리 불안을 겪는다. 항상 곁에 있고 내게 의존하는 아이가 눈앞에 보이지 않을 때 느끼는 것은 해방감과 더불어 아이에 대한 걱정이다. 이후 아이를 다시 마주했을 때 더 심해졌을 아이의 투정과 불만을 대면할 생각에 미리 불안하기도 하다. 연인이나 부부 사이에서도 마찬가지다.

우리는 종종 자신의 분리 불안을 상대 탓으로 돌리며 외면한다. 내가 없으면 아무 것도 못하는 당신, 나를 믿지 못해 불안해하는 당신, 한 말을 또 하고 또 해서 나를 궁지에 몰아넣는 당신. 그러나 생각해 보라. 당신은 미리부터 상대에게 공격받을 태세를 갖추고 있었던 건 아닌가. 그 불안의 원인은 무엇이었을까. 신뢰하지 않거나 신뢰받지 못하리라 짐작해서 그런 건 아닌가.

해결 방법은 있다. 구체적인 말과 행동으로 당신의 삶과 사랑을 파트너에게 예측가능하게 해 주면 된다. 예측가능성은 곧 신뢰도이기도 하다. 잠시 떨어져 있더라도 미지의 세계로 사라져버리는 것이 아니라 곧 돌아와 곁에 있으리라는 믿음이 단단히 자리할 때 관계는 원활하게 유지된다. 100% 예측가능성의 관계로 살아내라는 건 아니다. 약간의 놀람과 기대는 필요하다. 그 역시 관계 내에서 조정해낼 과제다. 관계는 끊임없는 노력과 협상의 산물이니까

연인 간의 신뢰에도 '레벨'이 존재한다고 한다. 주로 사귄지 오래지 않은 커플들이 머물러 있다는 1단계는 신뢰라기보다 '넌 절대 날 배신 못 할 거야.'라는 생각에 가깝다고. 신뢰를 깨면 상대가 잃을 것이 많기 때문에 나를 배신 못 할 거라고 생각하는 것이다.

"에이, 내 남친은 나랑 같은 부서에다가 공개 커플인데, 절대 바람 못 피울 거야. 그랬다간 회사도 못 다닐걸?"

"우리 와이프는 애 때문에라도 바람 못 피워."

"쟤 주변에는 나밖에 없어. 나 절대 못 떠난다니까."

이런 것도 신뢰인가 싶은 마음이 드는 신뢰의 1단계는 한마디로 계산적인 신뢰다. 이 단계에서 가장 큰 위험은 상황이 바뀌면 언제든 깨질 수 있다는 것! 설령 애인을 배신하더라도 내가 얻는 게 더 많다면 신뢰는 깨질 수 있다.

2단계는 경험을 통해 쌓은 신뢰다. 쉽게 말해 '내가 이 사람을 겪어봤더니 믿을 수 있을 것 같다.'는 것! 아직까지는 내 믿음을 저버린 적이 없어서 믿어줄 만하다는 것이다.

"내 남친은 여자 많은 데 보내도 별문제 없더라고.
 그래서 항상 믿고 보내지."
"걔는 원래 나 말고 다른 남자들한테 별로 관심 없어.
 그래서 별걱정 없지."
"3년 만났는데, 아직까지 거짓말한 적 한 번도 없어요.
 그래서 믿음이 가죠."

이런 믿음이 나쁘다는 건 아니다. 실제로 사이좋은 많은 커플들이 이 단계에 머물러 있다. 하지만 여전히 위험성이 존재한다. 겪어본 일까지만 믿을 수 있고, 내가 모르는 부분에 대해선 선뜻 믿음이 가지 않기 때문이다. 그래서 본인들은 믿음이 탄탄하다고 생각하지만 한 번의 실수로도 깨질 수 있다. 단지 지금까지는 안 그랬기 때문에 믿어준 것이었으니까.

마지막 3단계는 사람과 사람 사이에 형성될 수 있는 가장 높은 수준의 믿음이다. 연인들이 이 단계에 오르면 결혼을 생각하게 될 것이고, 결혼한 부부라면 원만한 결혼생활이 가능해진다. 길게 설명할 필요 없이 '너라서' 믿는 거다. 서로에 대해 잘 아는 수준을 넘어서 상대의 욕망이나 신념, 가치관까지 공유하고 있는 단계라고 할 수 있다.

"난 널 믿어."

혹은 이 말조차도 필요 없다. 상대가 여전히 믿을 만한 상대인지 꾸준히 관찰하고 감시할 필요도 없다. 혹 실수로 믿음을 깨는 일이 생겨도 신뢰는 사라지지 않으니까. 그리고 '너니까' 이해하고 용서할 수 있게 되는 것이다. 이 단계에 올라서면 평생을 함께할 수도 있는 사이가 되는 것이다. 하지만 무엇보다 중요한 걸 잊지 마시라. 3단계로 직행하는 커플은 세상 어디에도 없다! 신뢰를 쌓기 위해선 나름의 전략이 필요하다.

연애를 하다 보면 연인에게 약속할 일이 생긴다.

약속을 지키는 데서부터 신뢰가 시작된다. 그런데 왜 많은 연인들이 약속을 하고도 지키지 못할까? 약속을 잘 지키기 위한 특별한 방법은 없는 것일까?

퀼른 대학 요한나 피츠 심리학 교수는 현재 연애 중인 72커플을 대상으로 약속과 관련된 실험을 했다. 본격적인 실험에 들어가기 전, 피츠 교수는 실험 참가자들이 현재의 관계를 얼마나 중요하게 생각하는지 묻는 설문을 진행했다. 그 다음으론 두 사람이 자주 싸우는 문제가 무엇인지 이야기하도록 했다. (예: 데이트 횟수 부족, 질투, 연락 부족, 이기적 행동 등.) 이 문제를 해결하려면 행동을 어떻게 바꿔야 할지 논의해보도록 하고, 이야기를 마친 후, 커플들은 서로에게 자신의 행동을 꼭 바꾸겠다며 구체적인 약속을 하게 했다. (예: 1주일에 데이트를 2번 하기, 하루에 5번 문자 보내기.) 그 후 2주가 흘렀다.

피츠 교수는 실험에 참가했던 커플들에게 상대방이 실제로 약속을 얼마나 지켰는지 확인해 봤다. 결과는 뜻밖이었다.

한마디로 '의욕만 넘친다.'로 요약할 수 있다. 먼저 연인에게 꼭 고치겠다고 했던 약속의 개수를 살펴보면, 연인에게 신경을 많이 쓰고, 연인을 중요하게 여기는 사람일수록 더 많은 약속을 했다. 연인에게 잘해주고 싶은 의욕과 의지가 넘쳤으니까 어쩌면 당연한 결과다. 그런 사람들이 실제로 약속을 잘 지켰을까? 놀랍게도 실제로 지킨 약속의 개수는 연인을 중요하게 여기는 사람이든, 덜 중요하게 여기는 사람이든 큰 차이가 나지 않았다. 오히려 연인을 중요하게 여긴 사람은 약속을 훨씬 많이 했기 때문에 못 지킨 약속이 3배나 많았다고 한다.

의욕이 넘쳐 다 지키지 못할 만큼 약속을 많이 했고, 결과적으로 연인에게 더 큰 실망감을 안겨준 것이다. 다시 말해, 약속을 지킬 확률은 연인을 더 좋아한다고 올라가는 게 아니라, 약속한 사람의 성실도나 자기 통제력에 따라 결정되었던 것이다. 약속하게 만드는 힘(상대에 대한 감정)과 약속을 지키게 만드는 힘(성실도, 자기 통제력)이 전혀 다른 것이다.

흔히 연인들끼리 '저번에 다시는 안 그러겠다고 약속했으면서 또 그러는 걸 보니 감정이 식었나보네.' 같은 말을 한다. 이건 잘못된 말이다. 상대방을 좋아하는 감정은 더 많은 약속을 하게 만들지만, 그 약속을 다 지키게 할 수는 없다. 오히려 감정이 큰 사람일수록 약속을 많이 하게 되고, 결국 다 지키지 못해 연인에게 더 큰 실망감을 안기는 슬픈 아이러니가 반복된다. 이 슬픈 아이러니에서 빠져나올 수 있는 방법이 없을까?

첫 번째는 할 수 있는 만큼 약속하기다. 과도한 약속은 연인 관계에 전혀 도움이 되지 않는다. 감정에 휩쓸리지 말고 자기가 진짜로 할 수 있는 정도만 약속을 해야 한다. 그래야 상대방을 실망하게 하지 않고 오히려 상대방에게 기대 이상의 모습을 보일 수 있다. 예를 들어 '앞으로 담배를 끊을게.' 보다는 '앞으로 하루에 한 가치만 피울게.'라든가 '네 앞에서는 담배 안 피울게.'가 더 좋은 약속인 셈이다.

두 번째는 구체적으로 약속하기다. 약속을 구체적으로 어떻게 지킬 수 있을지 단계별 계획을 세우는 것도 중요하다. 예를 들어 '화요일, 토요일은 다른 약속을 잡지 않고 데이트를 한다.'라거나, '아침에

일어날 때와 점심 먹을 때는 먼저 문자를 보낸다.'
'영화는 당신과 함께만 볼게.' 같은 계획이다. 약속
을 지킬 확률이 2배는 높아진다고 한다. 이제 약속
을 할 때는 너무 과하게 하지 말고, 구체적인 계획을
세워보자.

마지막으로 상대방이 약속을 못 지키더라도 지나
치게 비난하고 감정을 의심하지 말자. 좋아하는 감
정이 너무 넘치면 그럴 수도 있다. 하지만 화를 내기
보다는 어떻게 하면 상대방이 약속을 잘 지킬 수 있
을지 함께 고민하고, 상대방이 그렇게 할 수 있도록
옆에서 도와주는 게 현명한 연인의 행동이자 행복
한 연애로 가는 지름길이다.

당신은 지금, 서로를 믿음직하게 여기는 행복한
연애를 하고 있나? 신뢰를 잃고 서로 작은 일에도

상처를 주고받고 상대방을 의심하며 불안해하는 연애를 하고 있나? 알고 보면 사랑과 신뢰는 양면의 동전처럼 다른 듯 하지만 하나다. 따로 뗄 수가 없다. 하나가 없으면 다른 하나도 존재할 수가 없다. 사랑하면 신뢰는 더욱 깊어지고, 신뢰하면 오래도록 변함없이 사랑할 수 있다. 지금 당신 앞에 있는 연인과 단단한 신뢰를 쌓아간다면, 아무 조건 없이 그리고 의심 없이 '난 널 믿어.'라고 서로에게 말할 수 있게 되었다면 당신은 망설임 없이 결혼에 뛰어들어도 된다.

넷

●

NO 꼰대

2015년 개봉한 낸시 마이어스 감독의 영화 〈인턴〉은 등장인물들이 인생의 미숙한 부분을 조금씩 성장시켜 나가는 이야기를 유쾌하게 담아냈다.

영화의 주인공은 의류쇼핑몰의 경영자로 창업 1년 반 만에 회사를 직원 220명 규모로 성장시킨 줄스 오스틴(앤 헤서웨이)이다. 날로 번창하는 사업에 매진하는 사이 그녀의 삶에 생긴 균열을 노년의 인턴과 함께 해결해 나가는 게 영화의 기본적인 얼개다. 70세 퇴직자로 시니어 인턴십 프로그램으로 줄스의 회사에 들어온 벤 휘태커가 바로 그 인턴으로, 명배우 로버트 드니로가 연기했다. 회사에선 인턴이지만 인생에 있어서만큼은 훌륭한 조언자인 벤이 회사에선 경영자지만 삶에선 인턴이나 마찬가지였던 줄스를 바른 길로 인도하며 웃음과 감동을 던져주는 전형적인 할리우드 코믹드라마다. 나는 이 영화가 '버려야 할 것과 버리지 말아야 할 것을 스스로 알아나가는 게 삶'이라는 걸 알려준다고 생각한다.

벤은 멋진 정장 차림과 손수건을 계속 고수하고, 1973년에 만든 수트케이스도 잘 가지고 다닌다. 새로운 시대의 의사소통방식인 이메일과 스마트폰, 페이스북 같은 것에 힘들어 하면서도 최대한 열린 자세를 가지려 한다. 외양은 보수적일지라도 새로운 시대의 특성에는 유연한 태도를 보이는 것이다. 평생을 입어온 정장처럼 바꿀 수 없거나 굳이 바꿀 필요가 없는 것도 있다. 반면 세상의 변화에 따라 적극적으로 혹은 불가피하게라도 바꿔야 하는 것도 있다. 벤은 그 사이의 균형을 잘 찾은 것처럼 보인다. 그 결과 줄스를 비롯한 회사의 젊은 친구들과 벤은 좋은 친구가 된다.

이 영화에서 인상 깊었던 또 다른 부분은 영화 속에서 벤은 누군가가 묻기 전에는 먼저 충고를 하지 않는다는 점이다. 벤은 젊은 친구들에게 할 만한 조언을 많이 알고 있지만 먼저 말을 꺼내는 경우는 없다. 젊은이들이 물어볼 때에야, 그들과 친구가 되었을 때에야 벤은 자신의 이야기를 꺼내고 자신의 경험을 나누기 시작한다.

영화를 보고 나도 인턴 속 벤처럼 나이가 들면 좋겠다는 생각을 했었다. 벤을 한마디로 표현하자면 '나이가 들어도 꼰대스럽지 않은 남자'다.

얼마 전 대학입시를 앞둔 아들을 키우는 친구에게 이런 말을 들었다. 자녀교육에 필요한 게 할아버지의 재력, 엄마의 정보력, 아빠의 무관심 이렇게 3요소였는데 요즘에는 아빠의 인맥과 할머니의 기획력까지 추가됐다고 했다. 난 아직 초보아빠인지라, 딸보다는 자식으로써 내 입장이 먼저 떠올랐다. 난 이 3가지, 혹은 5가지 조건 중에 뭐가 있었더라? 웃프게도 딱 하나 맞아 떨어지는 조건이 있었다. 바로 '아버지의 무관심'이었다.

앞서도 말했듯이 난 가부장적인 가정환경에서 성장했다. 아버지는 남의 집 머슴살이에 주인집 자식들 입주과외까지 해가며 학교를 마치셨다. 교복이 없어서 큰아버지 군복을 먹물로 물들여서 입고 다녔을 정도였다고 한다. 고생고생해서 학교를 마친 아버지는 바로 공무원이 되었다. 말단 공무원 9급에서 4급까지 진급한 나름 자수성가 한 사람이었지만, 집에서는 빵점짜리 아버지이자, 남편이었다. 아버지는 사랑을 표현할 줄 모르는 분이었다. 일단 꼭 필요한 말 외엔 말을 하는 법이 없었다. 그저 열심히 일해서 생활비를 벌어다 주면 가장으로서 본분을 다했다고 여기시는 분이었다.

그런 아버지에게 가족들에 대한 배려를 기대하긴 어려웠다. 집에 돌아오면 손 하나 까딱 하지 않고, 단칸방임에도 불구하고 방안에서 승진 공부에 힘쓰면서 담배만 피워댔었다. 나도 장남 특권으로 손가락 하나 까딱 안 했다. 그런 아버지 밑에서, 아버지만큼의 권위가 부여되는 장남으로 자란 나는 당연히 꼰대가 될 수밖에 없었다. 동생들 위에 당연한 듯 군림했고 어머니는 날 아버지만큼 대우해 주었다. 소통과 대화보다는 일방적인 명령에 익숙했고, 내 말이 무조건 맞다고 생각하는 태도가 익숙했었다.

본래 '꼰대'라는 말은 늙은이를 지칭하는 은어로 주로 학생들이 선생님을 가리키는 말이지만, 최근에는 권위주의적인 태도가 강한 사람을 지칭하는 말로 자주 사용되고 있다. 누구도 꼰대가 되고 싶지 않다. 역설적이게도 꼰대가 되지 않으려면 나도 꼰대라는 사실을 인정해야 한다. 내가 꼰대냐 아니냐보다 중요한 건 결과 자체라는 것. 남이 하면 불륜 내가 하면 로맨스라는 말처럼, 남이 하면 하면 꼰대질이지만 내가 하면 애정이고 충고라는 생각을 버려야 한다. 특히나 자신보다 약하다거나 어리다는 마음이 내재돼 있는 상대와 말을 섞는다면 더욱 조심해야 한다. 아무리 좋은 의도라도 상대가 꼰대질로 느끼면 꼰대질 밖에 되질 않으니까.

〈90년대 생들이 온다〉라는 말을 들어봤을 것이다. 책 제목이기도 하다. 요즘 신입으로 들어오는 직원들과의 나이 차는 점점 더 벌어지고 있다. 우리는 열심히 살아야 한다고 귀에 못이 박히게 듣고 자랐는데, 90년대 생들은 '하마터면 열심히 살 뻔했다.' '보람 따위 됐으니 야근수당이나 주세요.'라고 발칙하게 외친다. (다행히 우리 회사에 그런 사원은 아직 없어 보인다.) 기성세대의 사고체계와 그간의 경험으로는 도저히 이해하기 어려운 일들이 일어나고 있는 현실이다. 문제는 그들이 누구인지, 새로운 세대가 등장한 의미가 무엇인지 미처 알기도 전에 사회에 꽤 많이 진입했다는 것이다.

본격적으로 사회생활을 시작한 밀레니얼 세대는 직장에서도 남다른 모습으로 기성세대들을 혼란케 한다. 이들은 뛰어난 컴퓨터 활용능력, 어학 실력과 협업 능력을 갖추고 동시에 기존 질서에 저항한다. 조직보다 개인을 중시하며 조직과 대등한 관계임을 내세운다. 더 효율적인 업무방식이 위계 등에 가로 막히면 '퇴사의 이유'가 된다. 그간의 업무소통 방식에 안주하는 기성세대를 꼰대로 만들며 기존의 조직문화를 뒤흔드는 것이다. 이 낯선 존재들과 평화롭게 공존하려면 무엇보다 기성세대의 인식 전환이 필요하다. 공존을 위한 첫걸음은 '다름을 인정하기'가 아닐까 싶다.

- [ ] 1. 사람을 처음 만나면 나이부터 확인하고 어린 사람에게는 반말을 한다.
- [ ] 2. 대체로 명령문으로 말하는 것을 좋아한다.
- [ ] 3. 요즘 젊은 후배들은 근성이 부족하고 불만이 많은 것은 사실이다.
- [ ] 4. 내가 너만 했을 때~ 라는 얘기를 자주 한다.
- [ ] 5. 한때 내가 잘 나가던 사람이라는 것을 알려주고 싶다.
- [ ] 6. 자신의 인맥을 자주 얘기한다.
- [ ] 7. 나보다 늦게 출근하는 후배가 거슬린다.
- [ ] 8. 낯선 방식으로 일하는 후배들을 제대로 가르쳐주고 싶다.
- [ ] 9. 하나하나 업무지시를 하고 확인을 해야 직성이 풀린다.
- [ ] 10. 나보다 열정적으로 근무를 하는 사람은 없는 것 같다.
- [ ] 11. 연애사 같은 사생활 이야기도 인생 선배로서 답을 제시해줄 수 있다.
- [ ] 12. 나에게 인사를 하지 않으면 기분이 불쾌하다.

〈출처: 겟꿀, www.getggul.com〉

꼰대 자가진단 테스트!

10개 이상 : 당신은 자숙기간이 필요합니다.

후배들이 슬금슬금 피하는 경계 1호 꼰대러. 뼛속까지 꼰대일 성향이 높다. 하지만 정작 자신은 꼰대인 것을 모르는 답답이. 사람들과 멀어지지 않으려면 자신을 다시 돌아볼 필요가 있음.

6개~9개 이상 : 꼰대 경계 주의보

당신은 점점 꼰대가 되어가고 있음. 프로 꼰대러가 되지 않으려면, 근거 없는 자존감을 버리고 젊은 감각을 유지하며 증상이 심해지지 않도록 항상 주의해야 함.

5개 이하 : 초기 꼰대

아직은 초기 단계. 나는 꼰대인가? 아닌가? 고민하며 후배들의 눈치를 보는 유형. 심한 정도는 아니지만, 성숙한 어른이 되려면 긴장을 놓치지 말 것!

질문의 형태를 가장했으나, 결과적으로는 본인의 지식을 뽐내는 화법. 우물쭈물하면 끝까지 종용하고, 뭐든 대답하면 '한 수 가르쳐 주겠다.'는 듯 정답을 내놓는 식. '꼰대질'은 한국 사회의 서열주의와 신분지상주의, 권위주의가 더해진 오래된 총체다. 누구나 스스럼없이 자신의 의사를 표현하는 사회를 민주주의 사회라고 한다면, 꼰대질은 그것을 틀어막는 장애물이다.

꼰대의 가장 큰 특징인 '답정너'(답은 정해져 있고, 너는 대답만 하면 돼!) 또는 하면 된다는 '초긍정주의' 사고방식이나 까라면 까라는 무대뽀 정신이 바로 그 역할을 한다. '답정너'와 '초긍정주의'에 익숙한 당신, 지레 꼰대 탈출을 포기하고 싶어지는가? 글쎄, 그렇게 쉽게 포기할 일은 또 아니다. '꼰대식' 화법이나 대화를 피하는 것은 생각보다 어렵지 않다. 그저 몇 가지만 주의하면 된다.

　굳이 '꼰대를 위한 꼰대질'을 해보자면, 자신보다 어리다는 이유만으로 반말하는 습관부터 고치는 게 좋다. 나이가 많건 적건 서로를 존중하는 대화를 나누려면 존댓말이 필수다. 이제 친해졌으니 말을 놔도 될 것 같다고? 상대방 역시 당신을 '친하게' 느낀다는 확신이 필요하다. 친하다는 기준은 상대적이니까. 나이와 연애, 결혼, 출산 등에 대한 화제에는 신중해야 한다. 질문은 말할 것도 없고, 충고나 조언을 가장한 무례는 삼가도록 하자. 사생활의 비밀 따위는 아랑곳하지 않는 폭력적인 대화가 되기 쉽다.

　솔직히 말해보자. 비혼주의자라고 말하며 3040 세대에 들어선 당신. 조금이라도 젊어지고 싶지 않은가? 끼리끼리 앉아 푸념하기보다는 조금이라도 젊은 이들과 어울리며 진솔하게 대화해보고 싶지 않은가? 그렇다면 꼰대 탈출부터 시작해야 한다. 꼰대식 화법에서 벗어나 타인과 제대로 된 소통을 하는 것, 그게 바로 젊음을 유지하는 최고의 비결이다. (물론 20대 꼰대도 있다.) 꼰대식 화법이란, 이를테면 이런 것들이다.

"남자 친구 있어?" "여자 친구 있어?"

　(상대방이 이성애자라고 장담할 수 없다.)

"결혼은 했어?"

　(돌싱이거나 비혼주의자일 수 있다.)

"애는 안 낳아?"

　(난임이거나 불임일 수 있다. 설령 상대가 자발적인 딩크족이라도, 당신이 비용을 대고 육아를 대신해줄 게 아니라면 모쪼록 타인의 '성생활'에 대한 오지랖은 자제해주기를 권한다.)

이런 식으로 시작되는 이야기라면 애초에 꺼내지를 말자.

"내가 너만 할 때는~" "나 젊었을 때는~"

(그때는 그때고, 지금은 지금이며, 무엇보다 안물안궁(안 물어봤고, 안 궁금하다.)이다.)

"등산 좋아해?" "낚시 좋아해?"

(같이 가고 싶은 건 알겠지만, 싫다.)

"요즘 애들은 말이야~"

(속으로는 이렇게 생각한다. 늙은것들은 말이야.)

"내가 어떤 사람이냐면~"

(당신의 과도한 인정욕구를 안쓰럽게 여긴다. 대놓고 자신이 누군지 말하지 않더라도 전혀 맥락과 맞지 않게 신분과 소속을 밝히는 행위도 마찬가지다.)

어린 시절부터 남자는 외로움, 슬픔, 아픔 등 참된 감정을 감추고 거짓 자아를 만들어야 강한 남자라고 배운다. 강자에게 눈치 빠르게 복종하고, 약자를 무시하고 지배하며 힘으로 누르는 게 남자답다고 배운다. 그래야 출세하고, 출세하면 모든 걸 가지게 되며 그간의 고통과 비굴함을 보상받는다고도 배운다. 힘 있는 자는 무엇이든 할 수 있으며 어떠한 거짓과 기만도 용서받는다는 교훈을 현실에서 직접 체득한다.

여자를 대하는 태도도 자연스럽게 배운다. 힘 좀 쓰게 되면 자연스레 따라오는 전리품이거나 권력을 과시하기 위한 액세서리다. 더 많이 가질수록, 가졌다고 큰 소리 칠수록 '쎈' 놈이 된다. 강압적으로, 푼돈으로, 기술의 힘을 빌려서라도, 허세로라도, 함부로 하거나 소유해야 한다. 그래야 남자다!

아버지 세대로부터 자연스럽게 배운 남성성의 실천 양식 그리고 집 학교 군대 직장에서 각종 미디어를 통해 갖은 방식으로 습득한다. 문제는 아버지 세대의 여자들은 더 이상 존재하지 않는다는 거다. 남자가 원하는 상에 모든 것을 맞추고 선택되기만 기다리는 여자, 무슨 짓을 해도 용서하고 포용해 주는 여자, '망나니'를 멋지게 다시 태어나게 해줄 여자, 조용히 은거지의 그늘에 숨어 아이를 낳아주고 정갈한 밥상을 차려주며 쥐꼬리만 한 월급을 두세 배 뻥튀기해 놓은 듯 알뜰히 살림을 키우는 여자는 이 세상에 없다. '남자답게' 애써 해보려고 하면 할수록 더 낭패다. 사랑은 단순히 열정적 감정이거나 일방적으로 쟁취되는 소유물이 아니다. 동등한 인간 간 상호 존중을 통해 쌓아올리는 과정이라는 걸 명심하자! 그리고 이 남자다움의 다른 말이 꼰대라는 사실도!

꼰대는 직장, 사회에서 뿐만 아니라, 연인과 가족에게도 악영향을 줄 수 있다. 꼰대는 대화하고 싶지 않은, 아니 대화할 수 없는 사람. 대화가 안 되기에 그 사람을 이해하는 것도, 대화하는 것도 불가능한데 이런 사람이 어떻게 사랑을 할 수 있겠는가? 비혼 탈출을 위해서는 내 안의 잠재돼 있는 꼰대 본능을 깨닫고, 하루 빨리 벗어나자!

우리 결혼해요

다섯

●

결혼 전에 꼭 확인하고 넘어가야 할
토크 리스트

대화의 기술은 인생에서 가장 큰 결정 중 하나인 결혼에 이를 때도 중요하게 작용한다. 결혼과 배우자에 대한 기대치가 예전과는 달라졌지만, 여전히 많은 사람들이 상대에 대해, 또 나에 대해 모르는 것이 많은 채로 예식장에 들어서고 있다. 배우자와 함께 행복하고 안정적인 삶을 꾸려나가려면 결혼 전 어떤 대화를 나누어야 할까?

2016년 〈뉴욕타임즈〉에 실린 〈결혼 전 물어야 할 13가지 질문〉을 토대로 결혼 전, 상대방과 꼭 나눠야 할 대화의 항목들을 정리해 봤다. 대한민국 현실과 동떨어진 항목도 있지만 명심해야 할 항목도 있어서 소개한다.

1

당신의 가족은 의견 충돌이 있을 때 접시를 던졌나, 차분하게 이야기를 나눴나, 아니면 입을 다물고 문제를 회피해 버렸나?

커플연구소(Couples Institute)의 설립자인 피터 피어슨(Peter Pearson)은 관계의 성공이 서로 간의 차이를 어떻게 다루는가에 달려 있다고 말한다. 한 사람의 성향은 가족 내 역학 관계에 영향을 받으므로, 이 질문을 통해 상대가 부모의 갈등 해결 방식을 모방할지, 부모의 방식 대신 다른 길을 택할지를 알아볼 수 있다고 한다.

2   아이를 낳을 것인가? 아이가 생긴다면 직접 기저귀를
    갈아줄 수 있나?

이혼/관계 컨설턴트 데비 마르티네스(Debbie Martinez)는 자녀
계획에 관련된 질문을 주고받을 때, 상대가 듣고 싶어 할 것 같
은 말만 하지 않는 것이 중요하다고 말한다. 결혼 전, 아이를 원
하는지에 대해 솔직하게 대화해야 한다. 낳는다면 몇 명이나 낳
을 것인가? 어느 시점에 아이를 갖기를 원하는가? 부모로서 자
신의 역할에 대해서는 어떤 그림을 갖고 있는가도 점검해 보는
것이 중요하다.

3   이전 연인과의 경험이 우리 관계에 도움이 될 것인가,
    걸림돌이 될 것인가?

버지니아대학의 전국 결혼 프로젝트(National Marriage Project)
의 책임자 브래드포드 윌콕스(Bradford Wilcox) 박사는 자신의 연
구소에서 지원했던 한 연구 결과를 소개한다. 과거 진지한 연애
를 여러 번 한 경험이 이혼 가능성을 높이고 결혼 생활의 질을
떨어뜨린다는 것이다. (과거 진지한 연애 경험이 많다는 것은 곧
심각한 이별을 여러 번 경험했다는 것이고, 무의식중에 현재 상

대를 과거 상대와 비교할 수도 있기 때문이라고.) 월콕스 박사는 이 문제를 관계 초기에 미리 거론하면 도움이 될 수 있다고 말한다. 마티 클라인 박사는 사람들이 과거에 대해 터놓고 이야기하는 것을 망설이면서도, 상대의 과거에 질투를 느끼거나 과거를 비난하려 들 수도 있다고 말한다. '이런 대화를 친밀하면서도 생산적이고 애정 어린 방식으로 나누는 방법은 상대에게도 우리 이전의 삶이 있었다는 점을 인정하는 것뿐입니다.'

4 종교는 얼마나 중요한가? 종교와 관련된 명절은 기념한다면 어떻게 기념할 것인가?

두 사람의 종교적 배경이 서로 다르다면, 결혼 후 각자 따로 종교 생활을 영위할 것인가? 관계개선연구소 소장 스쿠카 박사는 커플들이 이 문제에 대해 솔직한 대화를 나눌 것을 장려하는 프로그램을 진행해 왔다. 월콕스 박사는 특히 아이가 생기면 부부 사이에 종교 문제로 갈등이 생겨날 가능성이 더 커진다고 지적한다. 만일 자녀를 갖기로 했다면 종교 관련 교육은 어떻게 할 것인지에 대해 이야기를 나눠야 하며, 미리 계획을 세우는 편이 낫다는 조언이다.

5 나의 빚은 곧 너의 빚? 나의 채무를 대신 갚아줄 용의가 있나?

이혼 전문 변호사 프레드릭 헤르츠(Frederick Hertz)는 상대가 재정적 자립에 대해 어떤 의견을 갖고 있는지, 부부라도 자산 관리는 각각 하기를 원하는지를 알아봐야 한다고 말한다. 채무 상황을 공개하는 것은 매우 중요하다. 마찬가지로 커플 간 소득 차이가 현격한 경우에는, 각자의 소득 비율에 따라 기본적인 예산을 꾸리라는 것이 스쿠카 박사의 조언이다. 재정 공유 방식에 대해 이야기하는 것은 매우 중요함에도 불구하고, 많은 커플이 제대로 대화를 나누지 않는다는 것.

6 차 한 대, 소파 하나, 신발 한 켤레에 쓸 수 있는 최대 액수는?

경제관념과 소비 성향이 비슷한지를 알아보는 것도 필수다. 헤르츠 변호사가 추천하는 지표는 자동차 구입에 쓸 수 있는 액수다. 각자가 유별나게 큰돈을 쓰는 품목이 있다면 그것을 중심으로 이야기를 풀어가는 것도 좋은 대화법이라고.

7 상대가 나 없이 혼자 하는 것들을 받아들일 수 있는가?

PAIRS(Practical Application of Intimate Relationship Skills: 친밀한 관계 기술의 실질적 적용) 프로그램의 책임자 세스 아이젠버그(Seth Eisenberg)는 많은 사람이 결혼을 앞두고 배우자와 파트너십을 쌓아가기를 원하면서도 동시에 삶의 일정 영역에서 자율성을 지키기를 원한다고 말한다. 즉, 친구나 취미 등을 배우자와 공유하지 않을 수도 있다는 뜻이다. 따라서 이에 대해 제대로 이야기를 나누지 않으면 갈등의 소지가 되거나, 상대방에게 거부당했다는 느낌을 줄 수 있다. 클라인 박사는 커플 사이에서도 '사생활'의 개념이 서로 다를 수 있다며, 이 문제에 관해서도 대화를 나눠야 한다고 말한다. 윌콕스 박사는 상대에게 언제 가장 혼자 있고 싶은지에 대해서 물어보라고 조언한다.

8 상대의 부모를 좋아하는가?

스쿠카 박사는 당신과 배우자가 합심해서 공동 전선을 펼칠 수만 있다면, 배우자의 부모와 관계가 좋지 않더라도 잘 헤쳐 나갈 수 있다고 말한다. 만일 배우자가 자기 부모와의 문제를 적극적으로 해결하지 않으려 한다면 이는 멀리 내다봤을 때 부부 관계가 나빠질 징조일 수도 있다. 피어슨 박사는 자기 부모의 장점과 단점에 대해 잘 생각해보면 미래 부부 관계에서의 친밀도나 거리를 두는 패턴이 어떠할지 점쳐볼 수 있다고 말한다.

9 섹스는 얼마나 중요한가?

세스 아이젠버그는 요즘 커플들이 과거와는 달리 결혼 후에도 계속해서 배우자에게 성적 매력을 느끼기를 기대한다고 말한다. 클라인 박사는 배우자가 섹스에서 찾는 즐거움이 무엇인지, 또 관계는 얼마나 자주 하기를 원하는지에 대해 이야기를 나누는 것이 건강한 관계의 일환이라고 말한다. 한 사람은 쾌락을, 다른 한 사람은 젊어지는 기분을 추구하는 식으로, 부부간 섹스를 통해 얻고자 하는 바가 서로 다르다면 어느 정도 타협을 통해 두 사람 모두 만족할 수 있는 방안을 찾아야 한다. 섹스리스 커플도 부부의 삶에 만족도는 높을 수 있다. 섹스가 부부생활의 전부는 아니니까.

10 배우자와 시시덕거리는 것을 어느 선까지 용인할 수 있는가?

클라인 박사는 커플들에게 포르노, 다른 사람과의 관계, 성적인 독점에 대한 기대치에 대해 의견을 나눌 것을 권장한다. 이런 주제에 대한 부부간의 합의는 시간이 지나면 변할 수도 있고, 또 실제로 변할 가능성이 크지만, 관계 초기에 이런 이야기를 편히 나눌 수 있는 분위기를 만들어 놓는 것이 좋다. 성적 독점에 대한 이야기도 다른 일상적인 문제와 마찬가지로 논의되는 것이 이상적이라는 게 클라인 박사의 의견. 그래야 한쪽이 화가 나기 전에 문제를 해결할 수 있다고. 피어슨 박사는 상대에게 포르노에 대한 생각을 대놓고 물어보라고 제안한다. 많은 커플이 관계 초기에 이 질문을 던지는 것을 두려워하지만, 나중에 이 문제가 갈등의 요인이 되는 것을 여러 번 보았다고.

11 내가 사랑을 표현하는 다양한 방식을 상대가 잘 알고 있는가?

게리 채프먼(Gary Chapman)의 1992년 작 〈다섯 가지 사랑 언어(The 5 Love Languages)〉는 결혼을 단단하게 만들기 위한 사랑

표현법 분류 방식을 소개했다. 데비 마르티네스는 결혼을 앞둔 고객들에게 다섯 가지 사랑의 언어 리스트(긍정적인 표현으로 인정하기, 좋은 시간 함께 보내기, 선물 받기, 봉사하기, 신체 접촉하기)를 건네주고, 각자 자신에게 가장 익숙한 두 가지 표현법을 순서대로 표시하도록 한다. 그리고 파트너가 가장 익숙하게 느낄 것 같은 표현법도 순서대로 두 가지를 선택하도록 한 후, 이에 대해 대화를 나누도록 한다. 세스 아이젠버그는 커플이 자신들에게 잘 맞는 방식으로 관계를 키워나갈 방법을 찾기 위해 노력해야 한다고 말한다.

12 상대가 나에 대해 존경하는 점은 무엇인가? 상대가 견디지 못하는 것은?

어려움이 서로에 대한 사랑을 압도하는 상황을 상상할 수 있는가? 그런 상황이 온다면 어떻게 하겠는가? 뉴욕윤리문화회(New York Society for Ethical Culture)를 이끄는 앤 클레이슨(Anne Klaeysen)은 두 번째 질문에 대해 생각해보는 커플이 거의 없다고 말한다. 이상적으로라면 결혼은 평생을 약속하는 것이며, 많은 사람이 자신의 관계를 묘사할 때 말하는 것처럼 '죽이 잘 맞는' 정도로는 충분하지 않다. 결혼이란 초반의 '맘에 꼭 든다는 느낌'보다는 '깊이가 있어야' 하는 것이다. 신뢰는 기본이다.

13 10년 후에 우리는 어떤 모습일까?

이 질문에 대한 답을 마음속에 간직하고 살면 커플이 관계의 최종 목표를 향해 나아가는 과정에서 눈앞의 갈등을 잘 해결하는 데 도움이 된다는 것이 세스 아이젠버그의 조언이다. 윌콕스 박사는 이 질문을 던져보면 상대가 관계가 악화되었을 때 이혼을 생각할지, 아니면 어떤 일이 있어도 결혼은 평생 가야 하는 것이라고 생각하는지에 대해 알아볼 기회가 될 수 있다고 말한다.

당신이 결혼할 준비가 되어 있는지도 점검해 봐야 한다. 전문가들이 말하는 당신이 결혼할 준비가 되지 않았다는 증거와 조짐들을 모아봤다.

1. 결혼이 두렵다

"여생, 최소 앞으로 10~20년을 한 사람과 보낸다고 생각했을 때 굉장히 무서워진다면 당신은 결혼할 준비가 되지 않은 것이다."

– 마르시아 시로타, Ruthless Compassion Institute 설립자, 정신과 의사

2. 상대를 사랑하지만 푹 빠져 있지는 않다

"상대가 당신에게 좋은 짝이 될 것 같고 좋은 부모가 될 것 같아서 결혼하지만 상대에게 푹 빠져 있지는 않다면 당신은 결혼할 준비가 되어 있는 건지, 혹은 이 사람과 결혼할 준비가 되어 있는 건지 진지하게 생각해 볼 필요가 있다."

– 니키 마르티네즈, 카운셀러, 부교수

3. 아주 중요한 것을 상대에게 비밀로 하고 있다

"당신이 중요한 비밀을 상대에게 숨기고 있다면 그건 결혼할 준비가 되지 않았다는 중요한 징후다. 누구와 어떻게 시간을 보내는지에 대한 것, 당신의 재정 상태, 알코올이나 약물 사용 등이 이에 포함된다."

– 엘리자베스 라모트, 임상 사회복지사, 심리 세라피스트,
DC Counseling and Psychotherapy Center 설립자

4. 이혼이 별 거 아니라고 생각한다

"당신이 '잘 안 되면 이혼하지 뭐.'라는 태도로 결혼한다면 그건 당신이 결혼할 준비가 되지 않았다는 좋은 지표다."

– 레슬리 페트룩, 노스 캐롤라이나 주 샬럿
The Stone Center for Counseling & Leadership 설립자

5. 서로의 도덕과 믿음이 맞지 않는다

"도덕, 믿음, 사상에 근본적 차이가 있다면 극복하기 힘든 문제가 계속해서 일어날 것이다. 예를 들면 당

신들의 아이들을 어떤 종교로 키울 것인가를 합의
할 수 없는 경우다."

– 니키 마르티네즈

6. 똑같은 싸움을 계속 반복한다

"양쪽이 다 자기 입장을 전달하고 이해를 받고 해결
이 되었다고 느끼도록 다툼을 해결할 수 없다면 아
직 결혼할 준비가 되지 않은 것이다. 특히 똑같은 문
제가 해결되지 않고 계속 다시 떠오른다면 그렇다.
다툼을 해결하는 방법을 외부에서 배워 볼 기회, 해
결할 수 있는지 알아 볼 기회다. 결혼 관계에서는 필
수적인 기술이다."

– 레슬리 페트룩

7. 죄책감, 공포 때문에 결혼하거나 누군가를 기쁘게 하기
위해 결혼한다

"상대의 감정을 상하게 하거나 예전의 약속을 어기

기 싫어서 죄책감 때문에 결혼하는 경우가 있다. 이번이 유일한 사랑의 기회라고, 또는 지금의 사랑이 최선의 사랑이라고 착각해서 결혼하는 남녀들도 있다. 당신 자신이 아닌 남을 기쁘게 하기 위해 결혼하는 것은 의무 때문에 그러는 것이다. 예를 들어 부모나 가족이 당신이 어떤 학교를 나온 사람, 어느 정도의 수입이 있는 사람, 어떤 종교적 믿음을 가진 사람과 결혼해야 한다고 하고, 당신이 내면의 목소리를 따르기보다 그들의 말을 더 중요하게 생각하는 경우다."

– 오토 콜린스, 인생과 연애 코치,
Passionate Heart 공동 설립자

8. 당신은 파트너의 지금 모습이 아니라 잠재적으로 될 수 있는 모습을 사랑한다

"결혼하면 상대가 바뀔 거라고 바라고 있다면 당신은 그 사람과 결혼할 준비가 되지 않은 것이다. 아이를 원하지 않는다고 우기던 약혼남이 결혼하면 아이를 낳고 싶을 것이라고 바라는가? 결혼하면 약혼녀가 술을 덜 마시거나, 약혼남이 야망을 품게 될 것같은가? 사람은 웬만해선 바뀌지 않고, 결혼이 당신의 연인을 바꾸리라는 판타지는 보통 당신이 결혼할 준비가 되지 않았다는 신호다."

– 엘리자베스 라모트

여섯

●

틀린 것이 아니라 다른 것이다

'틀린 것이 아니라 다른 것이다.' 이 말이 가장 중요하다. 성인이 되고 만난 이성과 소통하는 가장 중요한 방법 중 하나이기 때문이다.

연애 초기에는 나의 기준으로 상대의 잘못을 지적해도 이겨낼 수 있다. 하지만 시간이 지날수록, 말하는 사람이나 듣는 사람이나 틀렸다고 투덜대기

시작하고 지쳐가기 마련이다. 이때 명심해야 할 것
이 그 사람은 나와 다르다는 것이다. 최소 20년 이
상을 서로 다른 환경에서 자라온 사람들끼리 사랑
이라는 이름으로 만난 것이다. 그러므로 서로에게
자기 방식을 요구하는 것은 잘못된 일이다. 서로가
다른 점을 이해하고 인정하는 것이 매우 중요하다.
그것은 틀린 것이 아니라 다른 것이니까.

더 중요한 것은 서로가 다른 것을 인정하고 그
것을 배려하고 존중하는 것이다. 그것이 본인의 기
준에 틀렸다고 생각되더라도 다르다는 걸 인정하
게 되는 순간 저절로 배려하게 될 것이다. 상대방에
게 나를 맞춰가는 것이 아니라 서로의 다른 점을 인
정하고 내가 맞출 수 있는 부분과 상대가 변화할 수
있는 부분을 충분히 얘기해가면서 변화하는 커플이
야말로 사랑을 뛰어넘는 신뢰가 쌓이게 된다. 이렇

게 쌓여가는 신뢰는 어떤 위기가 닥쳐와도 슬기롭게 해결할 수 힘을 준다. 나도 연애 초기 시절 사소한 부분에서 잦은 다툼이 있었다. 지나고 보니 세대 차이나 환경 탓이 아니었다. 상대를 배려하는 마음이 부족했던 것도 아니었다. 서로의 다른 부분을 인정하지 못했기 때문이었다. 상대방이 나와 다름을 인정하고 변화하게 되면서부터 우리의 사랑과 신뢰는 점점 더 깊어져갔다.

같은 환경에서 오랫동안 함께 시간을 보낸 커플도 크게 다르지 않다. 이들은 다름을 인정하는 것에 익숙해져 있기 때문에 다툼이 적을 수 있지만 사소한 부분에서 의견 차이가 생겼을 때는 자기 기준에 상대방을 맞추려고 하는 생각이 앞서기 때문에 다툼의 여지는 있다. 이를 해결하기 위해서는 모든 부분에 다름을 인정하려는 태도가 필요할 것이다.

방송에서 유명한 연예인들이 싸우지 않고 결혼생활 잘 하는 비결에 대해 소개하는 프로그램을 봐도 한결같이 서로의 다름을 인정하고 배려하는 내용으로 귀결된다. 자, 이제 연애를 시작하는 커플이라면 상대의 매력보다 더 중요한 다름을 인정하는 자세가 준비되었는지 잘 생각해 보고 시작해보라. 상대를 대하는 본인의 태도에서 인성이 업그레이드 될 것이다. 내가 잘난 것이 아니라 다름을 인정하는 나의 생각이 둘 사이를 더 굳건하게 만들어 줄 것이다.

추천의 글

하늘에 별이 있고, 땅 위에 꽃이 있고, 우리의 가슴에 사랑이 있는 한 인간은 행복할 수 있다는 괴테의 말을 매우 좋아한다. 사랑은 인간의 가장 위대한 덕이요, 신비로운 향기요, 찬란한 빛이요, 가장 창조적인 힘이라 생각한다. 그런데 이 사랑은 간단한 형질이 아닌 것을 볼 수 있다. 서양 속담에 전쟁터에 나가기 전에는 1번 기도해라, 그러나 혼인식장에 들어서기 전에는 3번 기도하라는 매우 의미심장한 말이 있다. 사랑은 전쟁터보다 힘들다는 것에 대한 간접적인 표현이라 할 수 있다.

인간의 몸에는 3가지의 서로 다른 액체가 있는데,

바로 피와 눈물과 땀이다. 문학에서 피는 용기의 상징이요, 눈물은 정성의 상징이며, 땀은 노력의 상징으로 표현된다. 한 사람이 다른 사람을 사랑하는 것도 서로 다른 액체에 좌우되는 것을 볼 수 있다.

다른 사람을 사랑하려면 우리에게 땀이 더 요구되는 것을 볼 수 있다. 땀은 뜨거운 마음이요, 성실한 마음이요, 전심(傳心)이요, 열중하는 마음이기 때문이다. 땀은 눈물처럼 수분과 염분인데, 환희와 창조를 이끌어낸다. 사람이 사람을 사랑하는데도 99%의 땀이 필요한 것을 볼 수 있다. 뜨거운 피만으로, 맑은 눈물로만 사랑을 개척할 수 없기 때문이다. 소중한 땀이 함께 해야만 사랑의 섭리와 만남의 큰 뜻을 알 수 있다.

한 인간의 삶에는 3가지의 중요한 만남이 있다. 첫째는 좋은 이성과의 만남, 둘째는 훌륭한 친구와의 만남, 셋째는 헌신적인 스승과의 만남이다. 베드로가 예수를 만나지 않았다면, 안연이 공자를 만나지 못했다면, 플라톤이 소크라테스와 함께하지 못했다면 그들이 추앙받는 사람이 되었을까?

인생의 만남 중에서 훌륭한 스승, 훌륭한 친구와의 만남처럼 소중한 만남은 없지만, 최근에 이러한 만남을 우연으로 치부하는 모습이 날로 심해지고 있다. 그러다 보니 이성과의 만남 역시 인연이라는 숭고한 의미보다 우연이라는 저급한 형태로 간주되고 있다. 심지어 사고파는 거래행위로 변질되고 있다. 사르트르가 "타인은 지옥이다."라고 외쳤지만 그 의미는 좀 다른 것이었다.

최근에 인연의 소중한 의미보다는 우연이라는 무(無) 인연의 코드가 우리를 휘감고 있다. 이러한 시대의 일그러짐을 책망하는 글을 이훈희 대표가 자신의 생활 속에서 건져낸 언어로 썼다. 이 책은 샘물이며, 마중물이며, 대지를 적시는 옹달샘같이 인간의 사랑을 다시 돌아보도록 우리를 푸른 초원으로 인도한다.

대지를 적시는 샘물이 강물은 아니지만 여러 존재를 어울리도록 하듯이, 이훈희 대표의 자전적인 이야기는 공감을 불러일으키며 우리의 마음에서 멀어진 사랑을 불러내고 있다. 이 이야기는 "자신을 사랑의 등불로 삼아야 한다."는 메시지를 통해 우리한테서 잊힌 동화를 불러내고 있다.

요한 슈트라우스의 '봄의 왈츠'를 듣는 것 같은 환희를 느끼도록 하는 이 글이 사랑을 두려워하는 세대에게 용기를 주기 바란다. 마치 중국 명나라의 시인 고청구(高靑丘)가 쓴 시처럼 풍경이 다가온다.

"물 건너 또 물 건너, 꽃구경 또 꽃구경
 봄바람 어느덧 강변에 있는 님의 집으로"

송해룡 (성균관대학교 교수)

이영만 (前 경향신문 발행인, 코리아헤럴드&헤럴드경제 발행인)

만날 사람은 반드시 만난다. 때문에 서두를 것도 초조해야 할 이유도 없다. 이훈희 대표와 그의 아내가 된 편집장과의 만남과 결혼 역시 운명이었고, 그래서 거칠 것이 없었다. 걸림돌이 모두 디딤돌이었다. 둘이 함께 만든 사랑, 같이 풀어나가는 인생길은 우리 모두를 설레게 한다.

이정환 (헤럴드에듀 대표이사)

당시 저자의 외모만 보면 갓 대학을 졸업했을 법한 나이로 보였다. 그가 앳되고 출중한 미모에 지성을 겸비한 편집장과 연애를 하리라고는 상상 조차 못했다. 이들의 나이 차 때문이었다. 당시 나는 주변의 의심스런 눈길조차도 "말도 안 되는 소리"라고 단박에 일축하곤 했다. 늦깎이 나이에 결혼한다는 얘기는 들었지만, 상대방이 그 앳된 편집장이라는 소리를 듣고 망치로 뒤통수를 맞은 듯한 충격은 아직도 생생하다. 하지만 오랫동안 필자 곁에서 지켜보며 소소한 속내 얘기까지 나누다 보면, 그가 생각하고 행동하는 모든 정점에는 'lovely wife'가 있음을 쉽게 알게 된다. 내키진 않지만 그럴만한 자격이 있다고 인정할 수밖에 없을 만큼, 그의 지극정성 사랑은 탄성이 절로 나게 한다. 이 땅에 사는 비혼자들에게 이 책보다 더 큰 희망과 울림을 주는 메시지는 없을 것으로 확신한다.

오정화 (경찰공무원)

우린 국민학교라고 불리던 시절에 학교를 다녔고, 중2병이 무슨 의미인지도 모르던 시절에 교과서를 통해 피천득 시인의 인연을 배웠던 친구 사이다. 불교 신자는 아니지만 영겁의 시간이 반복되어 만나는 것이 인연이라고 어설프게 배웠지만 가장 가까이에서 오랜 세월 동안 지켜보던 베프가 독신으로 남을 것 같던 늦은 나이에 선뜻 결혼을 결심한 상대와는 어떤 인연일까 생각해 보게 되는 친구다. 인연은 아무리 표현할래야 할 수 없는 오묘한 인생이고 그 한가운데 놓인 친구의 선택을 지켜보니 결혼할 인연은 반드시 있다는 생각이 들어 이 글을 읽는 분들도 인연이 되는 짝을 찾으시길 바랍니다.

정종찬 (LG전자)

학창시절부터 끼가 남달랐던 친구, 스케이트보드를 타고 등교하고. 영웅본색이 유행하던 시절에는 영화 대본을 외워 홍콩 배우 흉내를 내고 다니던 그야말로 괴짜 친구다. 살아가는 인생 스토리도 마치 영화처럼 파란만장한 삶을 살았던 친구다. 정말 제대로 여자를 만나서 결혼을 할 수 있으리라고는 상상을 못했던 친구인데. 또다시 영화 같은 스토리로 한참 어린 신부를 만나서 지금은 화목한 가정을 이루고 살고 있는 친구다. 현재도 회사를 운영하면서 박사과정을 밟고 있으며 영화 같은 삶을 살고 있는 참 희한한 친구다. 늦게 시작한 남편과 아빠로서의 삶이 쉽지는 않아 보이지만 정말 열심히 살면서 행복해 보인다. 친구로서 정말 응원한다. 뭐 책을 썼다는데 이젠 놀랍지도 않다. 앞으로 남은 삶을 해피엔딩으로 마무리 하리라 믿고 지금처럼 열심히 행복하게 잘 살길 바란다. 두서없지만 요즘 정말 행복해 보인다.

최종철 (삼성전자)

포식자 앞에선 모든 동물은 얼어버린다. 이는 오랜 동안 생존에 도움이 된 습성이다. 하지만 이 친구는 특별하다. 얼어 버릴 만한데도 그렇지 않다. 모든 것을 잃었을 때 포기할 만도 했을 텐데 그렇지 않았다. 유구한 본능을 깨뜨릴 만한 용기를 갖고 있다. 보이지 않는 힘이 작용하고 있다. 나이가 들면 들수록 더욱더 특별해지는 그런 친구다. 그의 인생 최고의 선택과 함께 하필 가장 추운 날 모스크바로 나를 보러 왔나. 책 속 사진에서처럼 두 손 꼭 잡아주는 모습이 정말 따뜻했다. 그래서 내가 찍은 사진인데 이렇게 책에 삽입될 줄이야. 이런 친

구가 있어 든든하다. 난 글 쓰면 안 되는데 쓰고 나니 쫌 오글
거리긴 하네.

허영훈 (고려사이버대학교 교수)

사랑에 관한 'before A'와 'after Z'의 신선한 고민거리를 제시
한 책이다. 한 남자가 평생을 쉼 없이 뛰며 이룩한 최고의 열
매가 무엇이어야 하는가에 대한 혜안을 이야기하면서 설득하
려 하지 않고 공감하도록 이끈 저자의 'telling skill'에 무한
반복 박수를 보낸다.

강경민 (TV조선)

내 나이 삼십대에 처음 만난 사십대의 훈희 형은 사람을 끄는
매력이 그 누구보다 강력한 사람이었다. 그런 사람이 그 나이
까지 결혼을 안 했다니 다소 신기하다고 생각했었다. 그가 뒤
늦게 결혼을 하고 아내를 아이를 입에 달고 다니면서 얘기하
다니 궁금해졌다. 내 인생 최고의 사람 중 하나인 훈희 형의
결혼 생활이, 결혼까지의 과정이 말이다.

강세윤 (한국영상대학교 교수)

낯섦과 익숙함 사이에 우리는 늘 새로운 인연을 맺으며 살아

가고 있습니다. 지금까지 몰랐던 이가 한순간에 다가와서 소중한 사람으로 내 옆에 있을 때 그 기쁨은 말할 수 없을 만큼 벅차기도 하니까요. 어쩌면 연애, 그리고 이어져 부부라는 인연이 이런 게 아닐까요. 이훈희 교수님의 에세이 속에 담겨진 따뜻한 이야기가 우리의 연애사를 대변하지는 않은가 조심스레 짚어봅니다. 늘 행복한 삶을 사세요. 이훈희 교수님을 응원합니다.

고아라 (서울여자대학교 강사)

"아라야, 혹시 시간 있니?" 선배로부터 온 오랜만의 연락. 설마 했던 마음은 얼마 뒤, 축하로 바뀌었다. 행복이 가득 묻어 있는 선배의 미소엔 자그마한 해방감까지 서려있는 듯했다. 그동안의 비밀을 털어놓은 그때, 나의 축복은 그녀에게 작게나마 보상이 되었을까. 그 순간의 내 진심은 놀라움 조금과 부러움 가득 이었다. 그리고 두 사람의 발자취는 그때도 지금도 내게는 자극이다. 조금 늦어도 언젠가는 나 또한 '운명의 사람'을 만날 수 있다는 증거니 말이다. 이 책이 부디 현실에 지쳐 무뎌져 버린 청춘의 연애 세포를 일깨워 주길 바란다. 수년 전의 내가 그랬던 것처럼.

김성은 (작곡가)

비혼이 특별하지도 않고, 자연스럽고 당연한 삶의 형태로 자리잡으며 '홀로 사는 삶'에 집중하고 있는 오늘날, 순수한 사랑에 대해 다시 이야기하는 책이 있다. 비혼생활의 노하우가 쏟아지는 사회에서 다소 늦깎이로 결혼생활에 입문한 결혼예찬론자가 말하는 결혼 백서는 어떤 내용일까. 오늘도 사랑하며 살기를 원하는 많은 이들에게 널리 읽히기를 바라며 이훈희 작가님 응원합니다!

김민철 (아토엔터테인먼트 대표)

이 시대에 청춘들이 고민하는 그것! 결혼과 비혼. 선택의 기로에 서 있는 당신에게 필요한 선물과도 같은 지침서. 결혼을 고민하는 청춘남녀에게 펼쳐지는 두근거리는 이야기 속으로⋯. 둘만의 많은 시간과 노력을 쏟아서 책으로 출판하심을 격하게 응원하며 축하드립니다. 많은 독자로부터 사랑받길 기원 합니다.

김성수 (인하대학교 교수)

한 치 앞도 모르는 것이 인생인데 이처럼 변치 않는 사랑을 아내에게 표현하는 이훈희 교수님의 로맨스가 부럽습니다.

241

지금보다 미래가 더 행복할 저자의 앞날에 박수를 보냅니다. 이 책을 읽게 될 젊은 대학생들도 결혼에 대해 다시 생각할 수 있는 기회가 되길 바랍니다.

김영수 (연세대학교 교수)

매번 말로만 교제하는 여자 친구가 있다고 들었다. 직접 본 적은 단 한 번도 없었다. 결혼식에서 이 책의 주인공을 처음 봤다. 그토록 오랜 세월 동안 어찌 공개하지 않고 버텨냈을 까. 이훈희라는 인간의 인내심이 대단해 보였다. 진심으로 축 하해줬고 이렇게 책으로 만천하에 공개하는 모습에 진정한 사랑꾼으로 인정합니다. 삶이 다하는 그 날까지 행복하시게. 그러리라 믿네.

김예지 (한국미디어문화협회)

결혼의 권위가 추락하며, 끊임없이 유명인의 이혼 소식이 들 려오는 요즘. 그저 판타지와 같은 결혼 이야기보다 무채색의 일상 속에서, 따뜻한 온기를 가진 두 분의 관계가 결혼을 다 시금 꿈꾸게 합니다. 바쁘게 사느라, 연애 세포는 이미 사라 진 줄 알았습니다. 닿을 수 없는 판타지와 같은 결혼 이야기 보다 무채색의 일상 속에서, 따뜻한 온기를 가진 두 분의 관계가 가정을 다시금 꿈꾸게 합니다. 나는 과연 결혼할 수 있을까요? 나이는 적당히 먹었지만, 결혼은 아직 먼 나라 이야기인 저에게, 다시금 인생의 최고의 선택이라 말할 사랑과 결혼이 찾아오게 되기를 기대해봅니다. 아름다운 가정의 모습으로 채워질 앞으로를 응원하며 다시 한번 출판을 축하드립니다!

김진만 (월드2인극페스티벌 집행위원장, 동양대학교 교수)

결혼행복진행형의 삶을 살고 있는 이훈희 작가의 용감한 주장에 격한 박수를 보낸다. 세상이 확실한 것만을 향했다면 현대는 존재하지 않았을 것이다. 불확실한 미래에 용감하게 뛰어들자! '비혼 브레이커'에 과감하게 동참한다!

김홍산 (한국폴리텍대학 교수)

비혼 만연시대를 우리는 어른으로서 특히 젊은 청춘들 비혼족을 보며 희망이 사라져가는 이 격랑의 시대에 비혼 브레이커로 아방가르드로의 선두 역할을 함은 물론 비혼 탈출 지침서로서의 최고의 베스트셀러로 돌풍을 일으키리라 확신하며 화이팅!

243

박남용 (경찰공무원)

멋진 싱글로 평생을 보낼 것 같았던 사람이 나이 차이 많이 나는 예쁘고 멋진 여인과 결혼 한다니 믿기지 않았습니다. 화려하고 멋진 삶을 살아온 것처럼 보였는데 속내를 알고 보니 산전수전 많이 고생도 하고, 어렵게 성공한 인생이더라고요. 실제로도 아름다운 신부를 평생의 반려자로 함께 한다는 것, 그것이 인생의 성공을 증명하는 것 아닐까요.

박재서 (갤러리 마노 큐레이터)

20대 후반 나에게 결혼은 언젠가는 해야 하는 일. 아직 나에게 우선순위에서 급하지 않은 일. 아직은 마주하고 싶지 않은 일 정도로 느껴졌다. 이 책을 읽고 조금은 결혼에 대한 나의 문을 열어 두게 되었다. 무겁지 않지만 또 마냥 가볍지만은 않은 작가의 솔직하고 담백한 책. 늘 '최고의 선택은 아내를 만나 결혼을 한 것'이라는 작가를 존경하며, 결혼이 어려운 이 시대의 비혼주의자들에게 희망을 주는 책이 되리라 생각하며, 도전을 응원한다.

손남목 (연극연출가)

저자와는 연극 보잉보잉이 탄력을 받을 때 기자와 연출가로 처음 만났다. 모든 배우와 인터뷰를 진행하며, 참 열심히 취재하는 느낌을 받았다. 문화전문 신문 하나 쯤 있었으면 좋겠다고 생각했는데, 저자는 그걸 만들고 사업화하는 걸 보고 대단하다고 느꼈다. 이런 저자가 그동안 왜 혼자였을지 궁금했는데, 하객으로 참석한 그의 결혼식에서 신부를 보고 깜짝 놀랐다. 신부는 이미 알고 지냈던 기자였기에 더욱 깜짝 놀랐다. 나도 비밀연애를 했었는데 정말 꽁꽁 숨기면서 어떻게 지냈을지 지난 시간이 한눈에 스쳐갔다. 와이프와 저자의 결혼식에서 느낀 점은 정말 행복해 보였다는 것이다. 아마 지금도 앞으로도 행복할 것이다. 나처럼.

우석기 (아트뮤코리아 대표이사)
같은 연애 이야기를 들었지만 실행에 옮긴 사람은 성공했고, 실행에 옮기지 않은 사람들은 그냥 술자리의 안주였다. 성공한 연애담은 생각만 해도 늘 가슴 뛴다.

윤도희 (가야금 연주가)
제가 너무나 존경하는 이훈희 대표님의 발간을 진심으로 축하드립니다. 저자의 러브스토리가 이 시대의 비혼족들에게 어떻게 멋진 메시지를 남겨줄지 너무나 기대됩니다. 기혼자의 입장에서 저자의 더 멋진 결혼이야기도 기대됩니다.

이덕범 (영풍문고)

나도 어느새 삼십대, 내가 연애상담을 해주던 친구는 급기야 결혼을 하고, 연애만 하는 나에게 주변에서 결혼을 묻는다. 큰 형님뻘 되는 이훈희 작가의 경험담이 나와 같이 비혼도 아닌데 결혼을 머뭇거리는 이들에게 큰 도움이 되리라 믿는다.

이수민 (다문화박물관 큐레이터)

해도 후회, 안 해도 후회라고 하는 결혼, 결혼이라는 난제를 부둥켜안고 골머리만 앓다가 어느새 노처녀가 되어버린 나. 46세의 나이에 결혼에 성공한 이 남자의 현실감 넘치는 실제적인 에피소드를 읽다 보니 나도 결혼이라는 게 하고 싶어졌다. 이 책 저자의 이야기는 결혼에 대한 다양한 질문과 생각에 대하여 새로운 내비게이션이 되어줄 것이다.

이치수 (대한인터넷신문협회 회장)

끊임없는 열정으로 사업과 학업과 강의와 공연제작까지 동시 다발적으로 추구하면서 어느 하나 소홀하게 대하지 않는 이훈희라는 사람. 10년 넘는 후배지만 그에게 배울 점이 많다.

4년 전 가을 결혼하면서 정신적으로 급성장한 그의 모습을 보면서 행복이라는 단어가 떠올랐다. 지금도 앞으로도 그의 열정에 대한 보상은 행복이 아닐까 한다. 가정과 일터에서 행복한 그의 모습은 결혼을 계기로 시작된 것 같다. 이 책으로 많은 청춘들이 결혼에 한 걸음 더 가까이 다가설 수 있길 기대한다.

장한성 (태성석재)

비혼주의자가 될 수 있는 상황 속에서도, 비혼이 유행이 되어 비혼을 선택당하는 시대 속에서도 유일한 전 세계의 공통 관심 키워드인 '사랑'이라는 단어로 비혼 브레이커가 된 당신. 주변을 의식하지 않고 소신 있게 결혼에 골인한 당신. 모두에게 공감을 줄 수 있는 "좋은 건 못해줘도 싫어하는 건 하지말자."는 말은 저에게도 많은 걸 생각할 수 있는 계기가 되었습니다. 비혼 브레이커가 늘어나길 진심으로 바라고, 사랑으로 행복한 삶 꾸준하시길 응원합니다.

전용석 (한국폴리텍대학 교수)

그대 내게 행복을 주는 사람. 영화 애수(Waterloo Bridge)의 인연과 같이 인생의 황금기에 만나는 러브스토리는 최고의 인생 선물이 아닐까 하는 생각을 합니다. 해바라기 그룹의 노래 가사를 인용하여 두 분의 인연은 "이리저리 둘러봐도 제일 좋은 건 그대와 함께 있는 것 그대 내게 행복을 주는 사람"입니다.

정진국 (연극연출가)

이훈희 대표님! 〈우리 결혼해요〉 출간을 축하드립니다. 연극 〈그남자 그여자〉를 연출하면서 '어쩌면 너와 나의 이야기'처럼 우리 안의 이야기를 만들고 싶었습니다. 이번 이훈희 대표님의 책 또한 누군가에겐 사랑의 설렘처럼 두근거리는 우리들의 이야기가 독자들에게 잘 전달되길 기대합니다. 아마도 이 책을 통해 수많은 비혼족들이 가정이란 사랑의 틀을 만들 수 있는 시작이 되지 않을까 합니다.

최덕희 (대금 연주가)

〈우리 결혼해요〉 누가 들어도 듣기 좋은 문장이라고 생각해요. 현재 저도 연상연하 커플로 결혼이란 문턱에 많은 어려움이 있는 상황에 힘이 되는 문장들로만 구성된거 같아요. 힘이 되어 주셔서 감사합니다.

최부헌 (호원대학교 교수)

"사랑, 내 의지와는 상관없이 어느 날 문득 손님처럼 찾아오는 생의 귀중한 선물입니다."라는 글처럼 이 책은 저자의 경험과 지식을 바탕으로 사랑을 찾아 헤매는 청춘남녀에게 울림과 떨림을 주는 귀한 사랑의 선물이 될 것입니다.

최소형 (작곡가)

이 시대를 살면서 가장 가까운 사람과의 관계 속에서 함께 웃고, 울고, 나눌 수 있는 소중함에 대한 처방전과 같은 책입니다. 누구나 겪을 수 있는 사랑이라는 감정 속에 현실적으로 실천해야 하는 것들을 알려주는 센스에 갈채를 보냅니다.

최영완 (탤런트, 영화배우)

대학로에서 연극무대에 출연하고 있을 때 인터뷰하면서 만났다. 당시 내가 무슨 말을 했는지 그냥 웃으면서 대답했는데, 기사로 나온 걸 보고 고맙게 생각했다. 내 남편한테 프러포즈 받던 날도, 나의 경조사 때도, 내 남편의 경조사에도 늘 함께해준 고마운 사람. 예쁘고 멋진 기자님과 결혼 생활이 마냥 행복해 보입니다. 더 행복하시리라 믿어요. 저희 부부처럼.

한효정 (서울예술실용전문학교 교수)

이훈희 교수님의 출간을 듬뿍 축하드립니다. 처음 교수님을 뵈었을 당시, 갓 결혼하신 아내분과의 나이 차를 듣고 깜짝 놀랐던 기억이 납니다. 어떤 드라마틱한 스토리가 있을까 궁금했는데 드디어 그 스토리를 읽을 수 있게 됐네요. 프롤로그만으로 벌써 기대감에 미소가 번집니다. 결혼과 비혼 사이 어디쯤을 걷고 있을 청춘들에게 좋은 자극이 되길 기대합니다.

황종현 (카카오엠)

제가 연락이 뜸한 동안, 이렇게나 사랑이 깊어지셨군요! 제가 아는 실화 중, 가장 극적이고 재치 넘치는 결혼을 '이룩'하신 분인데, 이런 분이 비혼을 꿈꾸었다니, 상상하기 어려운데요, 잘난 남자만 결혼하는 건 맞고 생각하고요. 감히 여기에 하나 더 제 철학을 붙이자면, 끼리끼리 사랑하고 결혼하더랍니다. 사모님처럼 '사랑스러운' 사람에겐 잘난 남자 '이훈희'가 제격인거죠. 본인은 잘난 남자가 아니라고 생각했었던, 한때 세상에 과하게 겸손을 보이셨던 한 남자에게 매우 따뜻한 박수를 보내며, 한 권에 가득 담겨있는 사랑과 자기 자랑에 적극 공감과 응원 드립니다.

Pauline Filloux (프랑스인)

Moi qui ne trouvait aucun sens au mariage, en lisant cette histoire si romantique · et peut-être bien aussi parce que je suis tombée amoureuse, j'ai fini par voir quelques avantages au mariage. Félicitations pour la publication de votre livre!

결혼이 의미 없다고 생각했던 제가 이토록 긍정적이고 낭만적인 이야기를 읽고 사랑에 빠져서 그런지 이제 결혼에 대한 장점이 보입니다. 출판을 축하드립니다!

우리 결혼해요
Nous nous marions

1판 1쇄 인쇄 2019년 8월 29일
1판 1쇄 발행 2019년 9월 11일

지은이   이훈희

발행인   김성룡
편집 · 교정   김은희
표지   LEED
디자인   김민정
사진   최종철

펴낸곳   푸른숲표
주소   서울시 마포구 월드컵북로 4길 77, 3층 (동교동, ANT빌딩)
구입문의   02-858-2217
팩스   02-858-2219